Hans Arp

ich bin in der natur geboren

Hans Arp
ich bin in der natur geboren

Ausgewählte Gedichte

HERAUSGEGEBEN VON
HANS BOLLIGER
GUIDO MAGNAGUAGNO
UND HARRIETT WATTS
MIT EINEM NACHWORT
VON HARRIETT WATTS

Arche

Fotos: Étienne Bertrand Weill, Fondation Arp Clamart (4), Arche Verlag (1)

Gestaltung: Max Bartholl, Frankfurt
Umschlagfoto: Stiftung Hans Arp und Sophie Taeuber-Arp e.V., Rolandseck
Druck: fgb · freiburger graphische betriebe
Printed in Germany
ISBN 3-7160-2303-5

INHALT

I.

Hans Arp in Straßburg,
um 1902,
unter einem Bild
von Ritleng

IM WALD

Im Wald! Im Wald!
Wo die großen grünen Bäume rauschen
ewig rauschen.
Die großen grünen Bäume.
Das goldgrün' Haargelock
worin das Sonnenlicht blitzt
das hängt voller Träume.
Schüttle Dich Grüner schüttle Dich
So!
Schon sinken Träume
wie schwerer roter Wein
in mich.

MÄRCHEN

1

Ein großer blauer Falter ließ sich auf mich nieder
und deckte mich mit seinen Flügeln zu.
Und tiefer und tiefer versank ich in Träume.
So lag ich lange und vergessen
wie unter einem blauen Himmel.

2

Mein Schatten wird immer größer und größer
ich selbst werde immer kleiner und kleiner
klein wie eine Maus.
Mein Schatten wird immer größer und größer
ich selbst werde immer kleiner und kleiner
klein wie ein Punkt.
Wo führt dies hin?
Wo führt dies hin?
In die große und kleine Unendlichkeit.

3

Eine rote Beere wächst in der Stille des Waldes.
Sie ist groß wie ein Menschenkopf.
Sie hat zwei leuchtende Augen
und einen Mund daraus eine lange rote Zunge schießt
die nach winzigen denkenden Blitzen hascht.

DER VOGEL SELBDRITT

der richtbaum flattert über dem geäder der welt so nun die zerbrechung sei.

außen an den schwammigen lerchen hängt der steinige himmel aus welchem fallen die dotter und erdbälle.

aus dem meer steigt die alge elochim mit eloquenz.

die großen meerschiffe sitzen in schaukelstühlen und schaukeln.

die krallen halten die glashanteln.

die sgraffitoverzierten totenfamilien erwachen unter glasstürzen.

die kemenaten rollen auf torfrädern.

in der drehlade würfelt die silberne made um den purpur.

aus der reinen wolle der lämmerherden steigt der lachsalvenerregende schwarze runde todesstern.

aus den traufen der sterne fließt wein in strömen.

klar die oberen und unteren und die gestalten schwatzen und vor dem auge sieht er ein oberes und unteres.

.

weh unser guter kaspar ist tot.

wer trägt nun die brennende fahne im zopf. wer dreht die kaffeemühle. wer lockt das idyllische reh.

auf dem meer verwirrte er die schiffe mit dem wörtchen parapluie und die winde nannte er bienenvater.

weh weh weh unser guter kaspar ist tot. heiliger bimbam kaspar ist tot.

die heufische klappern in den glocken wenn man seinen vornamen ausspricht darum seufze ich weiter kaspar kaspar kaspar.

warum bist du ein stern geworden oder eine kette aus wasser an einem heißen wirbelwind oder ein euter aus schwarzem licht oder ein durchsichtiger ziegel an der stöhnenden trommel des felsigen wesens.

jetzt vertrocknen unsere scheitel und sohlen und die feen liegen halbverkohlt auf den scheiterhaufen. jetzt donnert hinter der sonne die schwarze kegelbahn und keiner zieht mehr die kompasse und die räder der schiebkarren auf.

wer ißt nun mit der ratte am einsamen tisch. wer verjagt den teufel wenn er die pferde verführen will. wer erklärt uns die monogramme in den sternen.

seine büste wird die kamine aller wahrhaft edlen menschen zieren doch das ist kein trost und schnupftabak für einen totenkopf.

.

. . .

er rollt meere fort wie schwarze fässer.
in die zinnernen ziegenmühlen legt er bengalische eier.
er fischt mit mumien und was südlich davon schifft schifft auf seine werte rechnung und gefahr.
auf seinem kopf trägt er einen schwertständer voll heugabeln und rudern.
spricht er einmal so ist es wirklich das große einmaleins.
aus seinem hintern hängen kilometerlang bürstenabzüge.
durch seine kniee gehen hellblaue riesenräder.
seine arme sind mit wellblech gefüttert.
seine schwimmblase ist mit glocken verbrämt.
er dampft auf gläsernen schienen.
er rollt auf heurädern.
er bewegt sich überhaupt durch quarzketten harzpendel kristallfedern erdpedale.
seine kiemen sind aus diamant.
seine augen sind fourniert.
in seinem glasmagen sind licht und härene tiere.
seine losung riecht nach waldigem element und blitzt.
in seinem barte hängt drachensalat.
er trägt ein aquariumsplastron voll leuchtender medusen.
er nennt sich die wohlmeinende schlange von birma.

.

...

schwarze winde hängen wie ketten von den sternen.
enterhaken greifen schwarze lackwände an.
die pläne der städte glühen.
die häuser laufen auf sieben rubinen oder drehen sich auf diamanten wie kreisel.
donner rollen durch die weiten höfe und die königinnen stürzen von ihren melkschemeln.
aus den hälsen der erde steigen die mieter und aftermieter mit ihren galvanisierten spinnen.
aus den leimen kommen die glasgeripplein und läuten wie das chaos.
wer trägt unser särglein vorüber unter dem kühlen morgenstern.

die edelfrau pumpt feierlich wolken in säcke aus leder und stein.

lautlos winden riesenkräne trillernde lerchen in den himmel.

die sandtürme sind mit wattepuppen verstopft.

in den schleusen stauen sich ammonshörner diskusse und mühlsteine.

die schiffe heißen hans und grete und fahren ahnungslos weiter.

der drache trägt die inschrift kunigundula und wird an der leine geführt.

den städten sind die füße abgesägt den kirchtürmen nur volle bewegungsfreiheit in den kellern gegeben darum sind wir auch nicht verpflichtet die krallen hörner und wetterfahnen zu putzen.

die nachtvögel tragen brennende laternen im gebälk ihrer augen. sie lenken zarte gespenster und fahren auf zartadrigen wagen.

der schwarze wagen ist vor den berg gespannt.

die schwarze glocke ist vor den berg gespannt.

das schwarze schaukelpferd ist vor den berg gespannt.

die toten tragen sägen und stämme zur mole herbei.

aus den kröpfen der vögel stürzen die ernten auf die tennen aus eisen.

die engel landen in körben aus luft.

die fische ergreifen den wanderstab und rollen in sternen dem ausgang zu.

die seraphim und cherubim steigen die weißen bauleitern auf und ab und wissen nicht warum.

auf wattekugeln schreiten die starken tiere. sie sieben glühende kohlen auf die betten werfen speere nach den befiederten höckern und häufen steine über die hörnernen wegweiser.

die kinder ziehen ihre totenstiefel an und warten auf die zeit die in kleine schwarze schlitten rotmäulige kapitel und fromme stillstehende uhren zerfällt und warten auf den kosmetischen löwen mit dem schwanz aus dünnem draht voll feiner knötchen.

in den schattensesseln sitzen die gekalkten toten. sie klatschen in die hände und bellen.

riesenvögel röhren in den holzschluchten.

keiner findet mehr die spur von seinen kinderschuhen. von ihnen zieht nicht einmal ein fadendünnes wanderliedlein durch die luft.

die pistillen fallen aus den sternen. die sterne verzukken in ihren volièren.

die sterne spalten sich und speien attrappen. die muskeln in den sternen reißen entzwei.

die knochenlosen prinzen fließen wie teig um die räder der mitternacht.

in dem metallenen zelt aber sitzt die riesin eisenkopf mit dem eisernen topf auf dem eisernen kopf mit den falschen waden die litfaßsäule und der uhu. die riesin stülpt sich ihren feuerzylinder ihren rauchzylinder auf das haupt verbeugt sich und spricht fröhlich fröhlich fröhlich.

allsogleich wird der erdball durchsichtig und wie in einem fischglase schweben die magistri horti deliciarum darin.

die welttore schlagen auf und zu.

die wachspuppe zeit zerfließt.

unaufhörlich das übernichts das wohllautei beschießt.

.

. . .

riesige sanduhren voll sterne werden gekehrt.

in unterirdischen gängen ist ein gewühl von schwarzen blumen und kristallenen särgen.

in gestrecktem lauf eilen wappentiere zum horizont.

riesige weiße hasen trinken aus weißen lavaströmen.

er sieht auch die seen senkrecht wie spiegel in den bergen hängen flieht aber nicht mit dem laiengelichter in die archen.

er bringt die schnee-ernten ein.

er lichtet den schneeanker und aus dem blute des riesenvogels fällt er kristalle aus fleisch und blut.

.

. . .

die flüsse springen wie böcke in ihr zelt.

peitschen knallen und aus den bergen kommen die schlechtgescheitelten schatten der hirten.

schwarze eier und narrenschellen stürzen von den bäumen.

gewitter pauken und trommeln bespringen die ohren des esels.

flügel streifen blumen.

quellen regen sich an den augen der eber.

lachende tiere schäumen aus eisernen kannen.
die wolkenwalzen drängen die tiere aus ihren kernen und steinen.
nackt stehen hufe auf steinalten steinen mäuschenstill bei zweigen und gräten.
geweihe spießen schneekugeln.
auf stühlen galoppieren könige in die berge und predigen das dezemberhorn: laßt strohbrücken nieder bringt eisenbriefe lautlos und gut hörbar.
in der eisflasche gefrieren die turteltauben.

im januar schneit es graphit in das ziegenfell.

im februar zeigt sich der strauß aus kreideweißem licht und weißen sternen.

im märz balzt der würgengel und die ziegel und falter flattern fort und die sterne schaukeln in ihren ringen und die windfangblumen rasseln an ihren ketten und die prinzessinnen singen in ihren nebeltöpfen.

wer eilt auf kleinen fingern und flügeln den morgenwinden nach.

.

DIE WOLKENPUMPE

...

an allen enden
stehen jetzt dadaisten auf aber es sind
im grunde nur vermummte defregger
sie ahmen den zungenschlag und das zungenzucken
der wolkenpumpe nach
ein fürchterliches mene tekel zeppelin wird ihnen
bereitet werden
und die dadaistische hauskapelle wird
ihnen was blasen
man wird sie den raupen zum fraß hinwerfen
und ihnen bärte an falsche stellen pflanzen
an sternenlassos werden sie baumeln
DIE ORIGINALDADAISTEN SIND NUR DIE
SPIEGELGASSEDADAISTEN
man hüte sich vor nachahmungen
man verlange in den buchgeschäften nur spiegelgasse-dadaisten oder wenigstens werke die mit aquadadatinta vom dadaistischen rasputin und spiritus rector tzar tristan genetzt worden sind

.

...

sein kinderhut tanzt um die sonne in seiner koje gurren tauben auf dem lichtstrahl aus seiner nase steigen spielbälle und entkettete falken und mit vernehmbarem donnern rollt mutter natur aus dem tannenbaum wagfass aus dem atlas gelöscht mit verhirschtem ast und hüpft auf die schwebebahn der vögel und gurrt in dem hohlen stern gegen das pendel wanderungen und glokkenspeiseliedlein ankert mit luft und glocken am kühlen rand siner quellen hebts kelchlin hin und her und treuert und bekünnt sini wis und immer mehr zeit und hat doch keine zeiger auf viel zeit noch das ticken der tiere noch den wechsel der stunden und särge

.

. . .

eitel ist sein scheitel und sinn trägt berge und glanz darin am morgenroten am kanonenbooten muß er sterben samt seinem kern und chor und einzelvox und klopft mit den stimmgabeln an die dürren stollen seiner leiber nachtzitzen und münzt in kleinen kesseln sein blut und bespritzt mit sternen die eckige nacht ja wachsgarderobe wettergarbengeläute und wenn einer nicht will ist einer da der will und muß und wieder kann und möchte und die gläser bis zum rande vollstreicht und lacht und den anderen weder fühlt noch riecht darum bewegen sich die wiegen im galopp

.

. . .

sternenminniger im rätselgarten hats gebaut sterniger schachbrett hats gebaut daraus die rosenknospe erde blüht das afterrohr lauschert an quellennas es quellert die kristallvögel scharren aus den steineltern hölzlein geklopftes panzerquell schwalbensalbe aus dem riesengroßen holzgewehr saust der gekelterte engel wer bürstet seine ferne lagerstadt

.

. . .

OPUS NULL

1

Ich bin der große Derdiedas
das rigorose Regiment
der Ozonstengel prima Qua
der anonyme Einprozent.

Das P. P. Tit. und auch die Po
Posaune ohne Mund und Loch
das große Herkulesgeschirr
der linke Fuß vom rechten Koch.

Ich bin der lange Lebenslang
der zwölfte Sinn im Eierstock
der insgesamte Augustin
im lichten Zelluloserock.

.

SCHNEETHLEHEM

1

Herr Je das Nichts ist bodenlos.
Frau Je das Nichts ist unmöbliert.
Da nützt euch auch kein Kreuzbesteck
mit dem ihr fleißig exerziert.

Herr Je der Tisch ist wasserweich.
Frau Je beim ersten Fingerzeig
freß ich die Wurst mit Nebenwurst
in einem roten Flammenteig.

.

2

Charybdis bybdis Zwiebelbiß
das Standbild geht im Kreis herum
das Heroldseuter in der Hand
und fällt von seinem Podium.

Die Schwindelschraube schraubt sich fest
und schraubt die Windsbraut an den Wind.
Es kracht der große Ehrenast
und tötet Jubelgreis und -kind.

.

DER POUSSIERTE GAST

4

Das Imprimatur war verfrüht.
Er saß auf seinem Kopf und sang.
Er sang aus seinem Hinterteil
bis daß er um den Atem rang.

Er rollte um den Samentisch
und schloß die tausend Büchsen Rauch.
Die Zahlen machte er aus Lärm
mit einem Firmenschild im Bauch.

Er nahm sich an an Kindes statt
und backte nach dem Goldnen Schnitt
sein blaues Porzellangehirn
zu windelweichem Versfußkitt.

Er hackte Kerben in sein Fleisch
weil er bei Nacht vergeßlich war
der Endesunterzeichnete
mit dem Verwesungszirkular.

.

6

Symmetrisch kommen wir ans Licht.
Vielgliedrig turnen wir darin
den Kopf bekränzt mit Schnurr- und Bart.
Wir sind er ist du bist ich bin.

Das erstemal ins Kellerloch.
Wer kein Geländer hat fällt rein.
Das zweitemal zum zweitenmal
wozu wir plus und minus schrein.

Das Promenadenjahr vergeht
mit dem geschälten Mond im Schlag.
Leer fällt der Hammer von dem Stiel.
Dann kommt die Flasche an den Tag.

Dann strecken wir die Zungen raus
und schlafen wieder aus und ein
mit vielen Stimmen kunterbunt
vielfrüh wie Wolken unterm Stein.

SEKUNDENZEIGER

daß ich als ich
ein und zwei ist
daß ich als ich
drei und vier ist
daß ich als ich
wieviel zeigt sie
daß ich als ich
tickt und tackt sie
daß ich als ich
fünf und sechs ist
daß ich als ich
sieben acht ist
daß ich als ich
wenn sie steht sie
daß ich als ich
wenn sie geht sie
daß ich als ich
neun und zehn ist
daß ich als ich
elf und zwölf ist.

DIE SCHWALBENHODE

immer mit dem hammer
edeldene besen vereden lammer
ein muskelspiel singt zu klavier
im schneeschrank brüllt der phosphorstier

immer mit dem hammer
edeldene besen vereden lammer
der siegelschwalben schaumkoloß
steigt mit den steinen hoch zu roß

immer mit dem hammer
edeldene besen vereden lammer
der feuer- und der wasserschwanz
erstrahlen im medaillenglanz

.

SANKT ZIEGENZACK SANKT FASSANBASS

Sankt Ziegenzack springt aus dem Ei.
Rumsdibums das Gigerltum.
Vergißmeinnicht rollt um den Stuhl.
Glocke schlägt nur Eins und Zwei.

Abgrund öffnet sich mit Macht.
Stern rollt an den schönen Mund.
Hase hängt betaut am Berg.
In dem Stein ist schwarze Nacht.

Sankt Faßanbaß springt aus dem Ei.
Rumsdibums die Liegenschaft.
Vergißmeinnicht rollt um den Stuhl.
Glocke schlägt nur Eins und Zwei.

WUNDERHORNKONFIGURATION

1

verschlungene knaben blasen das wunderhorn
engel in goldenen schuhen leeren säcke voll roter steine in jedes glied
schon bilden sich maste und sternbilder
die schwestern zeigen spuren von luftschlössern geldkatzen findlingen dampfkuhbissen gesattelten hasen frisch gepolsterten löwen
auf flammenden speichen rollen vögel über den himmel
sterne niesen aus ihren wachsnasen blumengarben
betrunken sind mann und maus und schwimmen an weichen fingern
brennende löwen sausen über zitternde birken
wer einen schwanz hat bindet sich eine laterne daran
die ganze nacht wird auf dem kopf gestanden rittlings auf drachen getanzt
stangenklettern und leiblicher ringkampf erfüllen die nacht mit wauwau

.

II.

Hans Arp, um 1928

VIER KNÖPFE ZWEI LÖCHER VIER BESEN

1

in dem hohlwangigen hohlraum einer pause
rollen feuerfest vergoldete köder
konkurrenzlose eloquenztreppen hinunter
die katafalken und kataspatzen legen sich in ihre niessärge
die tische folgen den stühlen wie die männchen den weibchen
und was über den tischen und stühlen in gestalt einer lebewohlwolke schwebt
erklärt in gebundener rede die lage für hoffnungslos

die wege folgen den pfeilen wie die männchen den weibchen
das schwarze messer schneidet so tief in unsere epistelringe hinein
daß zum beinspiel ein stuhlbein herausragt
im besten falle tickt es noch ein wenig
und klatscht ein- oder zweimal beifall
die blitze kutschieren den stallblinden puppenwagen
wer ein pfiffikus ist läßt sich kreuzigen
denn selbst cäsar hat sein bravo mit einem wäscheseil erhängt
und ruht seinen napoleonshut aus
.

2

mein tisch fällt auf den rücken und streckt die vier beine von sich

unter meinem bett schaut einer meiner schuhe hervor
o du wahrzeichen der sinnlosen betriebsamkeit
o du jammervoller morscher schwan
wohin hat sich dein bruder verirrt
in den anlagen des irrsinns
in einer tropischen ecke meines zimmers
träumt er vom laufen laufen
er trägt seinen stiefelknecht auf dem rücken
wie ein roß einen ritter

da ist doch dieser knopf ein anderer geselle
seit monaten liegt er weise auf dem gleichen platz
ein göttlicher nabel ist er
ich will ihm eine pyramide errichten

meine ohren schlafen noch in meinem bett
sie lauschen in die unendlichkeit
mein bett ist ein silberner fisch

WEISST DU SCHWARZT DU

1

sie gehen ein quadrat
einen kreis
einen punkt
und drehen sich auf dem punkt
pünktlich halb um
und wieder halb um
und gehen weiter
und wollen nicht ausratten
auf der rattenmatte
auf der zwölftesten platte
und kürzen das kurze
und verlängern das lange
und verdünnen das dünne
und verdicken das dicke
und bleiben sich vis-à-vis
und ziehen sich mit schuhlöffeln eisblumen an
sie mauern wolken lebendig ein
sie rollen wasserballen auf
und fegen sie
sie picken die schindeln von den linien
und gackern dazu gack gack gack
daß es allen gewellen ist
und ohne grund unter dem unter spricht
wie wir nach der uhr

.

6

er nimmt zwei vögel ab
er nimmt zwei vögel zu

er paust grimassen auf die luft
und unter das wasser

er lebt tête-à-tête
pied-à-pied
handgemein
fußvornehm
und leib an leib
mit seinem leib

sieht er drei eier
so ruft er
ei ei
und zählt doch richtig
ein bei bei zwei
zwei bei bei drei

er hebt an der urgroßvaterstadt
das rechte bein hoch
er hebt an der urgroßmutterstadt
das linke bein hoch

er nimmt zwei vögel ab
er nimmt zwei vögel zu
.

er heißt mit vornamen zwölf
und mit familiennamen zwölf
das macht in summa vierundzwanzig
er hat eine vorderseite
und eine hinterseite
das macht in summa sechsundzwanzig
er hat einen rechten männerarm
und einen linken frauenarm
das macht in summa achtundzwanzig

er huldigt der mode der doppelgängerei
mit fahnen aus haaren
und segeln aus federn

er ist vorne so lang wie hinten

er nimmt zwei vögel ab
er nimmt zwei vögel zu
.

7

gott ist den zylinderhüten angeboren
aus den ohren der sterne fallen atheistische rosen
was fällt denn sonst noch aus der kruste der jahre

ich trage an meinem goldast einen ehering
ein ehering besteht aus einem kranz aus luft und
einem punkt aus licht
unter den öffentlichen körpern trage nur ich einen
ehering
meine untere kopflänge schläft ein
mein feuer ist gekocht

auf dem höchsten zweige des turmes leben die
mundlosen kisten
die ohrenlosen fässer
die augenlosen säcke
die fünfsinnigen tüten
nein nein sie fliegen nimmermehr davon
der weg bleibt ihnen unter den füßen stehen
sie werden von vorne gezogen
von hinten gestoßen
von oben gehalten
von unten getragen
wie die gebrüder es war einmal und vor vielen
vielen jahren
von meiner möblierten decke fällt ein felsen petri

an einer gut möblierten decke hängen flügge sterne
karbolaquarien und felsen petri
die augen meiner schlummerrolle sind für immer
geschlossen
meine schraubstöcke sind voller eier
.

8

und stößelt abermals und nochmals
und für und für
und einmal zweimal dreimal bis tausend
und fängt von vorne wieder an
und stößelt das große einmaleins und das kleine
einmaleins
und stößelt und stößelt und stößelt
seite 222 seite 223 seite 224 und so fort bis seite 229
überschlägt seite 300 und fährt mit seite 301 fort
bis seite 400
und stößelt das einmal vorwärts zweimal rückwärts
dreimal aufwärts und viermal abwärts
und stößelt die zwölf monate
und die vier jahreszeiten
und die sieben wochentage
und die sieben töne der tonleiter
und die sechsfüßigen jamben
und die geraden hausnummern
und stößelt
und stößelt das ganze zusammen
und es stimmt
und gibt eins
.

NABEL TISCHE BEINE

1

in dem hohlwangigen hohlraum einer pause
rollen feuerfest vergoldete köder
konkurrenzlose eloquenztreppen hinunter

die katafalken und kataspatzen legen sich
in ihre niessärge
die tische folgen den stühlen wie die männchen den
weibchen
das schwarze messer schneidet so tief in unsere
epistelringe hinein
daß zum beinspiel ein stuhlbein herausragt

die blitze kutschieren den stallblinden leiterwagen

wer ein pfiffikus ist läßt sich kreuzigen
denn selbst cäsar hat sein bravo mit einem
wäscheseil erhängt
und ruht seinen napoleonshut aus
.

2

ich bin von einem anfang zum anderen anfang gerollt
und habe kein ende gefunden
und bin von einem ende zum anderen ende gerollt
und habe keinen anfang gefunden
darum bleibe ich auf meiner großen zehe sitzen

das sind keine leeren diphtongküsse und theresianischen tingeltangeltiraden
in denen peplonisierte zylinder über exilknochen gestülpt werden
warum hätten sich denn sonst die räder strümpfe angezogen

die geheime feder wird nie losgehen

schon sind die steine mit bleichen wänden fortgehüpft
und die bummelsterne auf der bettlerleine eingeschlafen

die geheime feder wird nie losgehen
auch wenn wir tausend tannen warten
eine tanne hat dreihundertfünfundsechzig äste

selbst y gomez sala ist auf einem kavalierschuh einem einbein und einem tausendfuß über den fleischacker gesprungen

darum bleibe ich auf meiner großen zehe sitzen
und schüttle meinen inhalt vor dem gebrauch
vor lachen

.

3

der leierleib tropft blut auf die weißen vorhemden
wie in einer unverpackten schlacht
und wirft seine drei schneeballen hinter seine drei sommer
aus den retorten rollen die totenköpfe der rosen
die lippen der hüte kommen auf krücken zurück
die handschuhe werden an die hüte gekreuzigt
die kreuze lehnen aneinander wie der halbe mann vom bräutigam am anderen halben manne vom bräutigam
der leierleib erzählt der schaumgeburt von einem halbwüchsigen westöstlichen stein
der beileibe und beiseele auf einem sichtbaren thron sitzt
und von den wagehalsigen und wagenasigen
die blutige teile gegen den mai werfen
da schießt die schaumgeburt giftige akzentvögel gegen die signaturorgane des leierleibes
hängt sich einen klöppel in ihre gedallten flügel
und läutet und fliegt fort zu den geflügelten worten
die flügel rasieren die behaarten herzen
das stückchen luft wackelt und ruft qui vive
so geht es hinauf und hinab wie in einem brief
.

DIE GESTIEFELTEN STERNE

3

für c giedion-welcker

es gibt vierundzwanzig kleiderschränke
in jeder vanillesynagoge der vierundzwanzig erdteile steht einer
in schweden heißt der kleiderschrank schwedische gardine
in spanien spanische wand
in china chinesische mauer
in helvetien stier von uri
steht der kleiderschrank auf zwei stuhlbeinen
so ist er ein tisch
auf dem tisch steht der gesegnete appetit und der gesegnete leib
in den tischschubladen sind niele in hülle und fülle
hat der tisch mehrere schubladen
in jeder der drei himmelsrichtungen *arp* eine
so ist der tisch eine eisenbahn
hat die eisenbahn eine lehne aus blauen walzen
die einen vielsatteligen engel treiben
so darf man sich darauf setzen
denn dann ist sie ein stuhl
und fährt nicht fort
unter dem sitz des stuhles hängt an einem nabelschnürlein das bemooste haupt
der stuhl schläft mit offenen augen wie ein hase
darum kann man den stuhl auch als spiegel benutzen
ein meeresspiegel ist aber besser

selbst wenn sich das meer über ihn erhebt
unter gebildeten leuten fragt man gerne mit einem briefbeschwerer auf der zunge
haben sie einen guten stuhl
und meint damit den überirdischen gang
der an der genitalkammer vorüber
in das kloster der warmen milchbrüder führt
.

DAS LICHTSCHEUE PARADIES

wir feuern mit der linken hand die orakelkanone ab
wir rauschen mit unserem zönakellaub
wir füttern die volljährigen meerwunder mit
vampumknochen
es ist zum lachen
es ist zum haha lachen
wir wischen die adressen von den lippen
wir schlagen unser holz in ketten
unser tägliches holz um unser fleisch zu stützen
wir schäumen die frühreifen steine ab
es ist zum lachen
es ist zum hehe lachen
wir tragen bagatellenschuhe
wir packen das a das e das i das o in gedrechseltes
wasser ein
und nur das u lassen wir unverpackt
wir können das weibliche abc auswendig
anna berta clara usw
wir wissen daß sieben das gegenteil von dürr ist
und heizen darum unter dem letzten schwanz ein
da will jeder dritte gerne dreimal mitmachen
und die zwei anderen sagen auch nicht nein
nein nein und abermals nein
es ist zum lachen
es ist zum hihi lachen
da wir leben gleichen wir den wachen

wir haben nasen um die fahnenstieligen liebes-
staffeleien zu beriechen
wir haben ohren um geneigte ohren zu haben
wir haben augen für einen augenblick
es ist zum lachen
es ist zum hoho lachen
wir haben unsere seelen abbestellt
wir knixen noch drei tage nach unserem tode wie
fleisch
o du himmelschreiendes u
o du alleszermalmendes u
es ist zum weinen
es ist zum huhu weinen
.

III.

Hans Arp im Ateliergarten
Clamart, um 1931

DAS TAGESGERIPPE

1

die augen sprechen miteinander wie flammen auf wellen
die augen wollen aus den tagen ziehen
die flammen haben keinen namen
jede flamme hat fünf finger
die hände streicheln die flügel im himmel
.

2

aus den worten tauchen die lippen empor
wie die schönheit aus den wellen des himmels
die schönheit ist von licht umschlossen
wie die glocke von küssen
.

3

was aber tritt an seine stelle
vom scheitel des tisches fallen die flügel
wie blätter aus erde
vor die lippen
in den flügeln ist nacht
und zwischen den flügeln fehlen die singenden ketten

das gerippe des lichtes leert die früchte
der körper der küsse wird nie erwachen
er war nie wirklich
das meer der flügel wiegt diese träne
die glocke spricht mit dem haupt
und die finger führen uns durch die felder der luft
zu den nestern der augen
dort vergehen die namen
was aber tritt an seine stelle
in der höhe des himmels
weder schlaf noch wachen
denn die gräber sind heller als die tage
.

4

um das herz wölbt sich ein singender himmel
doch seinen liedern dürfen wir nicht glauben
hoffnungslos gedeihen die früchte
weinend schauen die augen
zu den rändern der tage
die tage sind nur wunden
die lippen küssen ins leere
die sonne entblättert
die blätter decken die augen zu
das licht ist hohl
die weide der flügel ist mit asche bedeckt
.

5

die flammen schlafen unter den blättern ein
das blatt des himmels ist blau
grüne vögel wiegen sich in den zweigen
du wirst sie singen hören den ganzen mai
aus den fluren der lippen steigen die blumen ohne augen
der grund füllt sich denn die stimme naht
das blatt meines herzens wird schwarz
meine augen werden zu schwarzen früchten
die brust des lichtes stürzt ein
aber im sommer wachsen den toten wieder flügel
.

6

mit geschlossenen augen taste ich mich durch den glanz
das licht löst sich aus dem tag
und die flügel besuchen die lippen
zwischen himmel und zunge wächst das goldene gewicht
auf die erde herab stürzt das brennende fleisch des himmels
und wie fäuste schlagen die früchte gegen die erde
die tage tragen das feuer auf ihren wellen
der himmel ist ein brennender flügel
mächtig ist das getöse der sommerfrüchte
.

7

wo sind die blätter
die glocken welken
es läutet nicht mehr in der erde
wo wir einst schritten
ist das licht zerrissen
die spuren der flügel führen ins leere
wo sind die lippen
wo sind die augen
grauenvoll zerschlug sich ihr herz zwischen den häuptern
der letzte atemzug fällt aus dem körper wie ein stein
wo wir einst sprachen flieht das blut aus dem feuer
und der gestaltlose kranz dreht sich im schwarzen grund
unsichtbar für immer ist die schöne erde
die flügel schweben nie mehr um uns
.

8

die flammen füttern den tod
ach wie schrecklich gurrt der tag
zunge liegt bei zunge
die luft ist voller wunden
und in den wunden nisten schatten
wer pflückt das blatt des himmels
die bäume leben nicht

das licht hat narben
nur im schlaf ist der himmel voller augen und knospen
nur im schlaf werfen die flügel keinen schatten auf die lichter der augen
und die lieder wandern mit den wellen und wolken
doch solche jahre leben nicht länger als tage
.

9

die blätter eilen den flügeln zu hilfe
die glocken sind auf falscher spur
viel höher als die wolken der augen
schweben die herzen und seligen früchte
bevor das blatt sein auge öffnet
hat das feuer schon gebadet
die flügel tragen den himmel
die worte ziehen aus dem munde wie rauch
.

10

die augen sind kränze aus erde
die stimmen reichen nur von einem blatt zum anderen blatt
wenn die augen schmelzen reift das licht
und fällt wie eine glocke in die schöne zeit
und auch die nester läuten in der höhe des himmels
.

STRASSBURGKONFIGURATION

1

ich bin in der natur geboren. ich bin in straßburg geboren. ich bin in einer wolke geboren. ich bin in einer pumpe geboren. ich bin in einem rock geboren.

ich habe vier naturen. ich habe zwei dinge. ich habe fünf sinne. sinn ist ein unding. natur ist unsinn. platz da für die natur da. die natur ist ein weißer adler. platz dada für die natur dada.

ich modelliere mir ein buch mit fünf knöpfen. die kunsthauerei ist der schwarze blödsinn.

dada ist in zürich geboren. zieht man straßburg von zürich ab so bleibt 1916.

2

die nymphe obliegt dem leben.

der general hat einen wesentlichen platz in der natur.

die pyramidenpumpe hat vier knöpfe zwei löcher. die pyramidenpumpe pumpt schwarze vögel in die natur. ich pumpe natur. du pumpst kunst.

straßburg liegt in einer wolke.

fünf besen liegen. vier besen sitzen. zwei besen stehen.

weißt du die natur ist ein knopf. weißt du die natur ist

ein schwarzes loch. weißt du die kunst ist ein schwarzes loch. in jedem loch ist eine wolke. modelliere mir ein loch in einem loch und in diesem loch zwei löcher und in jedem dieser zwei löcher vier löcher und in jedem dieser vier löcher fünf löcher.

die wolkenpumpe pumpt unter freuden die wolken aus den röcken. die wolkenpumpe pumpt gegen den kunstrock der nymphe.

.

3

ich bin in straßburg geboren.

ich habe fünf gedichtbücher herausgegeben. die titel dieser bücher sind der vogel selbdritt – die wolkenpumpe – der pyramidenrock – weißt du schwarzt du – vier knöpfe zwei löcher vier besen.

1916 habe ich in zürich unter freuden dada geboren. dada ist für den unsinn das bedeutet nicht blödsinn. dada ist unsinnig wie die natur und das leben. dada ist für die natur und gegen die kunst. dada will wie die natur jedem ding seinen wesentlichen platz geben.

außerdem obliege ich teils sitzend teils stehend der bildhauerei. niemand kann mir nachweisen daß ich je eine nymphe einen general oder einen adler modelliert habe.

.

4

weißt du niemand kann mir nachweisen daß ich nicht ein adler bin. der adler obliegt dem leben. weißt du der adler hat fünf leben und vier naturen. weißt du der adler hat außerdem einen titel. schwarzt du der general hat fünf titel fünf knöpfe an seinen zwei sinnen und vier löcher in seinen freuden. die natur aber und ich sind gegen die freuden und geborenen dinge. die natur obliegt dem leben ob sie liegt sitzt steht.

die schwarze wolke im weißen rock gebiert unter freuden ein vogelding.

KONFIGURATION II

1

das ei aus feuer. das ei aus wasser. das ei aus wind im seidenen sack. das ei aus luft.

der stehende mann und die stehende frau. der sitzende mann und die sitzende frau. der liegende mann und die liegende frau.

die leiter aus knochen lehnt gegen den stamm aus fleisch.

der mann hat einen stock aus knochen. die frau hat einen stock aus fleisch.

das stehende ei. das sitzende ei. das liegende ei.

.

2

der mann hat einen hut aus knochen. die frau hat einen hut aus fleisch.

die hutschreinerei die hemdmetzgerei die knopfmörderei die schlipsgärtnerei die schürzenjägerei und so weiter. die wiehernden würste von ninive.

die landschaft aus feuer. die landschaft aus wasser. die landschaft aus erde. die landschaft aus luft.

die steine vergessen ihre pflicht und stürzen sich mit ihren schnäbeln und krallen auf das fleisch.

die falten des feuers füllen sich mit tränen. die falten des wassers füllen sich mit tränen. die falten der erde füllen sich mit tränen. die falten der luft füllen sich mit eiern.

das herz des feuers. das herz des wassers. das herz der erde. das herz der luft.

ich schlafe wie ein ei ohne herz.

.

ROSEN SCHREITEN AUF STRASSEN AUS PORZELLAN

.

am rande des märchens strickt die nacht sich rosen.
der knäuel der störche früchte pharaonen harfen löst sich.
der tod trägt seinen klappernden strauß unter der wurzel des leeren.
die störche klappern auf den schornsteinen.
die nacht ist ein ausgestopftes märchen.

.

die rosen schreiten auf straßen aus porzellan und stricken sich aus dem knäuel ihrer jahre einen stern um den anderen.
zwischen den sternen schläft eine frucht.
die leeren länder ausgestopften jahre lachenden koffer tanzen.
die störche fressen pharaonen.
aus den schornsteinen wachsen rosen.

.

der tod frißt ein jahr um das andere.
die pharaonen fressen störche.
zwischen früchten schläft ein stern. manchmal lacht er leise im schlaf wie eine porzellanene harfe.
die klappernden märchen strickenden straßen packenden störche tanzen.

.

die wachsenden schornsteine fressenden harfen porzellanenen sträuße tanzen.

die wurzeln der pharaonen sind aus rosen.
die störche packen ihre schornsteine in ihre koffer und ziehen in das land der pharaonen.

ICH BIN EIN PFERD

ich fahre in einem zug
der überfüllt ist.
in meinem abteil
ist jeder platz von einer frau besetzt
der ein mann auf dem schoße sitzt.
die luft ist unerträglich tropisch.
alle reisenden
haben einen riesigen hunger
und essen unaufhörlich.
plötzlich fangen die männer
zu wimmern an
und verlangen nach der mutterbrust.
sie knüpfen den frauen die kleider auf
und saugen nach herzenslust frische milch.
nur ich sauge nicht
und werde nicht gesäugt.
es sitzt mir niemand auf dem schoß
und ich sitze niemandem auf dem schoß
denn ich bin ein pferd.
ich sitze aufrecht und groß
mit meinen hinterbeinen auf der eisenbahnbank
und stütze mich bequem
mit den vorderbeinen auf.
ich wiehere laut hii hii hii.
an meiner brust funkeln
die sex knöpfe des sexappeals

schön aufgereiht
wie die funkelnden knöpfe einer uniform.
o sommerszeit.
o weite weite welt.
.

IV.

Hans Arp, um 1945

DIE GRAUE ZEIT

Ich fühle wie die graue Zeit durch mich zieht.
Sie höhlt mich aus.
Sie bleicht meine Träume.
Sie zieht schon so lange durch mich.
Ich liege am Strand eines ausgeflossenen Meeres
am Rand einer ungeheueren Muschel.
Es zerbröckelt es verwittert um mich
und rinnt in die Tiefe.
Langsam zerfällt der Raum.
Ich liege am Stand eines ausgeflossenen Meeres
am Rand einer ungeheueren Muschel.
Ein Mond glänzt darin.
Ein großes Auge
eine große Perle
eine große Träne glänzt darin.
Ich fühle wie die graue Zeit durch mich zieht.
Sie zieht schon so lange durch mich.
Sie höhlt mich aus.
Sie bleicht meine Träume.
Ich erschauere und bebe.
Ich verwittere.
Wie verlassene fahle Bauten stehen meine Träume
am Strand eines ausgeflossenen Meeres
am Rand einer ungeheueren Muschel.
Die Monde Augen Perlen Tränen zerfallen.
Ich fühle wie die graue Zeit durch mich zieht.
Ich träume schon so lange.
Ich träume mich grau in graue Tiefe.

SOPHIE

.

Die Herzen sind Sterne,
die im Menschen blühen.
Alle Blumen sind Himmel.
Alle Himmel sind Blumen.
Alle Blumen glühen.
Alle Himmel blühen.

.

Ich spreche kleine, alltägliche Sätze
leise für mich hin.
Um mir Mut zu machen,
um mich zu verwirren,
um das große Leid, die Hilflosigkeit,
in der wir leben, zu vergessen,
spreche ich kleine, einfältige Sätze.

.

Die Meere sind Blumen.
Die Wolken sind Blumen.
Die Sterne sind Blumen,
die im Himmel blühen.
Der Mond ist eine Blume.
Der Mond ist aber auch eine große Träne.

.

Alle Blumen blühen für dich.
Alle Herzen glühen für dich.

.

Ich spreche kleine, einfältige Sätze
leise für mich hin,
immerfort für mich hin.
Ich spreche kleine, alltägliche, geringe Sätze.
Ich spreche wie die geringen Glocken,
die sich wiederholen und wiederholen.

.

Sophie ist ein Himmel.
Sophie ist ein Stern.
Sophie ist eine Blume.

Alle Blumen blühen,
blühen für dich.
Alle Herzen glühen,
glühen für dich.

Nun bist du fortgegangen.
Was soll ich hier gehen und stehen.
Ich habe nur ein Verlangen.
Ich will dich wiedersehen.

.

Wir zogen hell
durch Glanz und Duft.
Nun tut das Licht mir weh
und niemand ruft
und zeigt mir eine Blume
oder einen Stern.

.

Es blüht im Himmelsgrund
zwischen Dunkelheit und Licht
strahlend wie ein Stern
dein gütiges Gesicht.

.

Du bist ein Stern
und träumst in Gottes lichter Blume.
Ich mag nicht weitergehen.
Ich will auch schlafen.
So wie du schläfst
in Gold und tiefer Ferne
in einem reinen Wiegen.

.

Verloren wie der alte Mond,
der schon viel tausend Jahre stirbt,
ist dieser arme Tränenmensch,
der um die tote Rose wirbt.

.

Wie schnell vergeht ein Leben
in Gottes lichtem Dunkel.
Kaum ist heute gesagt,
ist morgen schon vergangen.
Und so vergehen die Jahre
mit Spielen, Träumen, Säumen.
Und so vergeht die Zeit,
in der die Blumen schweben.

.

Wann blühen wir wieder
vereint an Gottes lichtem Strauch?
Wann ruhe ich für immer
in deinem reinen Hauch?

.

Du lächeltest,
um nicht zu weinen.
Du lächeltest,
als würden lange noch
die guten Tage scheinen.
Deine Flügel glänzten
wie junge Blätter.
Dein Gesicht
war ein weißer Stern.

.

Seitdem du gestorben bist,
danke ich jedem vergehenden Tag.
Jeder vergangene Tag
bringt mich dir näher.

DIE ENGELSSCHRIFT

...

Sophie schrieb die Engelsschrift.
Sie schrieb sie still und bescheiden wie die Mönche des Mittelalters.
Sophie ließ sich von der Hand führen,
die wir in dem Großen wie in dem Kleinen fühlen.
Das Winzigste wird von dieser Hand behütet und beschirmt.
Überall ist diese Hand im Spiele.
Sie wacht über die Gestalt und den Weg der Gestalt,
sie wacht über alle unsichtbaren Kräfte.
Sie wacht über die Träume der Sterne.
Sophie ließ sich willig von der Hand führen.
Diese Hand führte auch ihren Pinsel beim Malen,
und so wurden selbst ihre kleinsten Bilder groß
und lobpreisen die Unendlichkeit,
ohne darum den stillen blumigen Grund des Herzens zu vergessen.

.

KREISMÄRCHEN

Unzählige Kreismärchen träumte Sophie.
Ein königlicher Kreis, ein himmelblaues Kleinod,
das von mächtigen Traumkreisen beschirmt wird.
Das schimmernde Erwachen eines atmenden Kreises.
Das Echo eines reinen Kreises.
Wiederhallende und widerhallende Kreise.
Tannengrüne Kreise.
Meergrüne Kreise.
Ein Kreis in den Wehen,
ein kreißender Kreis.
Der lange Weg des guten Kreises.
Der Kreis des Rades.
Der Kreis der Münze.
Ein Kreis aus urdenklichen Zeiten.
Der lange Weg des bösen Kreises.
Der Kreis einer festlichen Versammlung lebender Kreise,
die in den Ruf ausbricht:
»Hoch lebe Sophie Taeuber und ihre Kreismärchen!«
Ein Kreis, auf dem schön angeordnet die Worte stehen:
»Lange lebe unser irdisches Licht und unsere irdische Dunkelheit!«
Ein Kreis, aus dem ein unendlicher Flügelbaum wächst
mit unzählbaren blühenden lichten Flügeln,

unter denen Sophie sitzt
und beschwingte Träume malt.
Unzählige Kreismärchen träumte Sophie.

.

SOPHIE

für dich
war die welt
nie dunkel
und zerklüftet
du schrittest mir voran
mit frohem glanz
und frohem schein
dein mut
zog hilfreich
in mich ein
du schirmtest
unseren traum
und jede stunde
hatte einen sinn
und einen sauberen saum
.

DIE EBENE

Ich befand mich allein mit einem Stuhl auf einer Ebene
die sich in einen leeren Horizont verlor.
Die Ebene war fehlerlos asphaltiert.
Nichts aber auch gar nichts außer mir und dem Stuhl befand sich auf ihr.
Der Himmel war immerwährend blau.
Keine Sonne belebte ihn.
Ein unerklärliches vernünftiges Licht erhellte die endlose Ebene.
Wie künstlich aus einer anderen Sphäre projiziert
erschien mir dieser ewige Tag.
Ich hatte nie Schlaf nie Hunger nie Durst nie heiß nie kalt.
Da sich nichts auf dieser Ebene ereignete und veränderte
war die Zeit nur ein abwegiges Gespenst.
Die Zeit lebte noch ein wenig in mir
und dies hauptsächlich wegen des Stuhles.
Durch meine Beschäftigung mit ihm verlor ich den
Sinn für Vergangenes nicht ganz.
Ab und zu spannte ich mich als sei ich ein Pferd vor den Stuhl
und trabte mit ihm bald im Kreis bald geradeaus.
Daß es gelang nehme ich an
ob es gelang weiß ich nicht
da sich ja im Raume nichts befand

an dem ich meine Bewegung hätte nachprüfen können.

Saß ich auf dem Stuhl so grübelte ich traurig aber nicht verzweifelt

warum das Innere der Welt ein solch schwarzes Licht ausstrahlte.

.

ELEMENTE

Ich träume von den vier Elementen, Erde, Wasser, Feuer, Luft.

Ich träume von Gut und Böse.

Und Erde, Wasser, Feuer, Luft, Gut und Böse verweben sich zum Wesentlichen.

Aus einem wogenden Himmelsvlies steigt ein Blatt empor.

Das Blatt verwandelt sich in einen Torso.

Der Torso verwandelt sich in eine Vase.

Ein gewaltiger Nabel erscheint.

Er wächst,

er wird größer und größer.

Das wogende Himmelsvlies löst sich in ihm auf.

Der Nabel ist zu einer Sonne geworden,

zu einer maßlosen Quelle,

zur Urquelle der Welt.

Sie strahlt.

Sie ist zu Licht geworden.

Sie ist zum Wesentlichen geworden.

Mit Mühe kann ich mich an den Unterschied zwischen einem Palast und einem Nest erinnern.

Ein Nest und ein Palast sind von gleicher Pracht.

In der Blume glüht schon der Stern.

Dieses Vermengen, Verweben, Auflösen, dieses Aufheben der Grenzen ist der Weg, der zum Wesentlichen führt.

Wie Wolken treiben die Gestalten der Welt ineinander.
Je inniger sie sich vereinigen,
um so näher sind sie dem Wesen der Welt.
Wenn das Körperliche vergeht,
erstrahlt das Wesentliche.
Ich träume von dem fliegenden Schädel,
von dem Nabeltor und den zwei Vögeln, die das Tor bilden,
von einem Blatt, das sich in einen Torso verwandelt,
von gelben Kugeln, von gelben Flächen,
von gelber, von grüner, von weißer Zeit,
von der wesentlichen Uhr ohne Zeiger und Zifferblatt.
Ich träume von innen und außen, von oben und unten, von hier und dort, von heute und morgen.
Und innen, außen, oben, unten, hier, dort, heute, morgen vermengen sich, verweben sich, lösen sich auf.
Dieses Aufheben der Grenzen ist der Weg, der zum Wesentlichen führt.

V.

Hans Arp im Atelier,
um 1960

UNTER DEN WOLKENTISCHEN

Ein Träumer trägt unter seinen Armen Berge fort.

Wochenlang verirrt er sich in ihren Wäldern und erlebt in ihnen wundersame Begegnungen.

Traumpuppen, das getreue Abbild des Träumers, folgen dem Träumer und tragen, genau wie er, Berge unter ihren Armen fort.

... und Fächer aus schwarzer Luft winken, und denkende Beeren reifen in schwebenden Räumen.

.

Kreise reden weiß auf weiß.

Als ein winziger Kreis silbern zu reden anfängt, schweigen die weiß auf weiß redenden Kreise.

Schon die weiß auf weiß geführten Reden sind unsichtbar für die Ohren der Menschen, das weise Schweigen der weißen Kreise aber ist für den Menschen so gut wie unfaßbar.

Es ist der Gegensatz der schwarz auf weißen Reden.

Was der winzige Kreis silbern und lebhaft von der brennenden Seele, die sich nach dem Unendlichen sehnt, den schweigenden weißen Kreisen erzählt, erinnert mich an ein kleines Gedicht, das ich als Kind geschrieben habe:

»Unzählige, kleine, heitere, wellengleich klingende Harfen schreiten auf zierlichen Füßen vor ihm hin und her.

Immer wieder überrieselt das ausgelassene Klingen des Harfenvölkchens heilsam seine brennende, sehnsüchtige Seele und mäßigt das Wuchern seiner Traumgebilde.

Ach, wie sie flammengleich rufen, die wehenden Gestalten!

Ach, wie sie verzehrend werben!

Doch die kleinen Klingenden auf zierlichen Füßen umgeben ihn, klingen eifrig.

Und schließlich gesellt sich schöne Ruhe zur Unendlichkeit.«

.

...

KÖNIGE VOR DER SINTFLUT

En-me-en-lu-an-na, der große König vor der Sintflut,
regierte dreiundvierzigtausendzweihundert Jahre.
Er wurde in der Stadt Bad-tabira geboren.
Er glich schon einem heutigen Menschen
und hatte wie diese zwei Arme und zwei Beine.
Die meisten seiner Untertanen dagegen hatten mehr,
teils viel mehr Arme und Beine.
Mit denen liefen, winkten, schlugen, traten, hüpften, sprangen, tanzten
sie unerträglich um En-me-en-lu-an-na, den großen König vor der Sintflut,
so daß dieser sich genötigt sah,
allen, die mehr als zwei Arme und Beine besaßen, solche ausreißen zu lassen.
Alsdann befahl er ihnen, aufrecht, das Maul nach vorne und oben,
vor ihm zu erscheinen.
Darauf setzte er jedem einen lautlosen, jedoch sichtbaren Donnerehrenhelm auf
und gab jedem einen Blitzehrenschirm aus geflochtenen Rattenschwänzen
in jede Hand.
Auf diese Reform verwendete er zweihundert Jahre.

Während der übrigen dreiundvierzigtausend Jahre
ergab er sich dem Würfelspiel mit augenlosen
Würfeln.

.

...

MONDSAND

. . .
.

Das Mondlicht
zerzittert die Wasserspiegel,
glitzert über Kiesel,
glitzert zwischen Halmen,
rinnt und rieselt
unter geigenden Zweigen,
wieselt über Wiesen
auf einer langen Silberzehe,
auf zehn langen Silberzehen,
auf zehn mal zehn langen Silberzehen
und versilbert selbst das Gold.
Dies läßt den Wucherer erwachen,
der auf der Stelle
irrsinnig lacht bis er zerplatzt.
Nun naht das Mondlicht rigwedelnd
öffentlichen Höckern und Beulen
und verpalmt sie
und verpsalmt sie.
Immer rätselhafter, immer gestaltloser
führt es sein Huschen aus.
Leichter huscht es als die Tusche
aus dem Pinsel eines alten chinesischen Meisters.
.
. . .

.

Ein in sich gekehrter Mond.
Ein gepuderter Mond.
Ein Mond der den Schein widerhallen
und den Widerhall scheinen läßt.
Ein Mond der hingegossen
auf einem Wolkendivan ruht
einer Wahndiva nicht unähnlich.
Ein Mond mit Gliedern
aus kristallenen Liedern.
Ein inniger unsinniger Mond.
.
...

GONDEL FAHREN

Ein Hirsch fährt Gondel.
Er wiegt märchenhaft seine Hornkrone
die von roten Backen
gläsernen Zeptern
gereimten Gegenständen
wie ein Weihnachtsbaum überwuchert ist.
Vor ihm in der Gondel
in einem großen Korb
liegt ein langer schwarzer Bart
voll Irrlichter
handlicher Blitze
vierblättriger Windrosen
kleiner Löffel die ihre Zunge rausstrecken.
Leider kann der Hirsch
nicht alle seine schönen Dinge
in seiner Hornkrone anbringen.
Sie kann aber immer noch wachsen
und diese Dinge würden dann
darin ihren Platz finden.
Nichts anderes verlangt der Hirsch
als ungestört weiter Gondel fahren
und seine raunende Hornkrone
märchenhaft wiegen zu können.

REIF ZUM AUSSTEIGEN

In dem Zuge der von A. nach B. fuhr
einer kurzen Fahrt von ungefähr dreiviertel Stunden
befand sich kaum ein echter Aussteiger im Wagen.
In B. der Endstation
stiegen wie notgedrungen
drei Reisende aus.
Die übrigen saßen traurig da.
Die meisten behaupteten
daß sie wenigstens noch drei- bis viermal
von A. nach B. fahren müßten
um reif zum Aussteigen zu sein.
Teils waren die Reisenden von der Zeitkrankheit
dem Hiersein und Dortsein befallen
und schauten mit kläglichen Augen in das Leere.
Es befanden sich unter den Nichtaussteigern
auch solche die behaupteten
mehr oder minder tot zu sein
und sich unmöglich
von ihren Sitzen erheben zu können.
Diese baten um Blumenkränze und Blumenspenden.
Schließlich waren noch einige da
und diese waren nicht von der gewöhnlichsten Sorte
die sich zusammenrollten
fester und fester zusammenzogen

zusammenpreßten
so daß die Kleider krachten und platzten
und von der sich bildenden lebenden Kugel
aufgesogen wurden.
Mit diesen Nichtaussteigern
war überhaupt nichts anzufangen.
Sie beharrten darauf Kugel zu sein
und wurden langsam hart und härter.
An der Endstation wurden sie aus dem Wagen gerollt
und waren dort vor dem Bahnhofsgebäude
noch längere Zeit zu besichtigen.

SINNENDE FLAMMEN

.

Einen wirklichen Engel
einen Engel aus Licht
hättest Du uns doch endlich
wieder einmal schicken können.

Man könnte meinen
daß Du nun den atheistischen Vereinsmeiern
den Übermaschinen und Überrobotern
die abgegrasten Auen der Erde
endgültig überlassen wollest.

Die armen Betenden
sollten doch wieder einmal
Atem schöpfen können.
.
...

.

Ich bin für die Atompilzzüchter sowieso verloren.
Für sie gehöre ich zu den Hoffnungslosen
die aus den letzten altertümlichen Klausen kommen
die noch auf dem Erdboden gebaut worden sind.
Die atheistischen Krokodile
werden zinnoberrot vor Wut
wenn sie so einen hoffnungslos Zurückgebliebenen
wie mich antreffen.
In geschmackvoller Schokoladeverpackung
in sogenannten Bombennièren
schenken sie ihren Lieben
kleine niedliche Atombomben
für den Hausgebrauch.

.

.

Vielleicht werden euere hündischen Spiele
doch noch von dem Lichtangesicht getilgt werden.

.

.

Schweigt es unendlich?

.

. . .

.
Engel
sinnende Flammen.
Engel
rauschende Ähren des Himmels.
Engel
klingende Sterne.
Engel
beflügelte Himmel.
Engel
unendliches blaues Licht.
Engel
Blütenblätter Gottes.
Engel
schwebende Säulen des Himmels.
Engel
unendliches singendes Licht.
Engel
lodernde Beete.
Engel
flammende Wälle.
Engel
schwebende singende Unendlichkeit.
.
...

.

Wir sind gegen die Übertobsüchtigen
gegen die Übermaschinenzuhälter.
Wir sind für die heiligen Märchen
weil sie die einzige Wirklichkeit sind.
Wir sind gegen die Überaufklärer
die Übermaschinengebärer
die Übermechanisierten
die Übertobsüchtigen
die exorbitanten Übertontaranteln
die von der Erde Besitz ergreifen
und die heiligen Märchensterne
durch atomare Lautsprecher ersetzen wollen.

.

...

DAS RAD

Unaufhörlich sinnt er darüber nach
wie es wäre wenn er sich bedrucken
und zu einem Buche binden ließe
da er doch von einem tadellosen Bogen Papier
nicht zu unterscheiden ist.
An Stelle eines Herzens
trägt er ein Wasserzeichen.
Er grüßt nie
und will auch nie gegrüßt werden
weder ohne noch mit Zylinderhut.
Es fällt ihm auch nie ein
einen Dolch zu ergreifen und stechen zu wollen
obwohl viele Kenner kommen
und den schönen weißen Bogen Papier bewundern.
Viele viele Kenner kommen jeden Tag
um den schönen weißen Bogen gegen das Licht zu halten
und sobald sie das Wasserzeichen entdecken
wie aus einem Munde zu schreien:
das Wasserzeichen das Wasserzeichen das Rad!
Hat je ein Bogen ein solch schönes klares Rad besessen.
Sobald die Kenner das Wasserzeichen entdecken
geraten sie aus dem Häuschen
und biegen sich sofort
wie man Wörter biegt.
Ein und derselbe Kenner biegt sich als Einzahliger

als Einzahliger und Mehrzahliger
in Gegenwart Vergangenheit und Zukunft.
Die Bewunderer sind furchtlos.
Sie kennen nur noch biegen oder brechen
und das Rad.

WORTE

Worte von Wunderwanderungen.
Worte auf Wanderungen.
Flockenworte.
Lichte Worte entflohener Blumen.
Worte von schwebenden Bergen
oder wenn Sie dies übertrieben finden
Worte von Wolkenbergen.
.

Worte alter alter Eisenbahnen
durch ihren Salatschwenkekorb gehustet.
.

Worte von Sündern
beim Auspacken einer Sendung
von Engelszungen.
.

Träumende Flockenworte.
.

Unverhofft blühen Worte um Worte auf
mit lichten Blumengesichtern.
.

Worte aus dunkelfunkelndem Duft.
Wortlose schwarze Kugelsterne.
Falsche Worte die richtige Worte wittern
und zittern.
Überpüppische Worte.
Blumenworte überpüppischer Blumen.
Kastalische Quellenworte.
Herrliche Katachresenworte.

.

Einbalsamierte Worte.
Worte von Hindinnen gesprochen
bei dem leidigen Gänsemarsch.

.

Engel in Gestalt von leuchtenden Rosen und Sternen
werdet ihr
durch das unendliche Licht schweben sehen.
Wer dürfte ihnen
mit unseren tollwütigen fortschrittlichen
Atombonbonnieren entgegentreten.
Lautlos wie von jeher
schweben die Engel im Licht.
Von jeher waren sie da.
Wir aber haben unser Gesicht
nur im Dreck gebadet.

.

Worte von Engeln für Engel.

.

Worte von Mund zu Abgrund.
Worte um in trüben Wassern zu fischen.
Entsprechende Wortspäße
für verteufelte finstere Gründe.

.

Bächleinworte.
Worte in Baumrinden geschnitten.

.

Ein unangenehm gepflegtes Wörterbeet.
Piratenwörter ranken an erstarrten Blitzgittern
in den Himmel hinauf.

.

Fremdherrschaften die sich bei Wörtern
nicht nur der Leiter bedienen
sondern auch der Tonleiter
der Ganztonleiter
und der chinesischen Tonleiter.

.

Spiegelschriftworte.
Ein richtes Wort am falschen Ort
und ein falsches Wort am richtigen Ort.
Roboterworte.
Worte auf Traumtalare zu sticken.

.

Worte als Antwort
auf warmes Blut
und auf blutige Worte.

.

Laichende Worte
in seichten stehenden Reden.

.

Unter meiner Türe
fand ich folgende Worte auf der Schwelle:
»Heute öffnen sich die himmlischen Fenster.«

.

Diese mit Kreide
an die Wandtafel geschriebenen Worte
werden ausgewischt
und durch nachfolgende Worte ersetzt:
»Eine fleischgewordene Fahne
mit einem Basiliskenblick.«
Eine Pfeife schreibt still vergnügt
ohne lästigen Raucher
lautlose Rauchworte in die Luft.
Lichte lautlose süßduftende Worte
entflohener Blumen.

.

Englische Grüße
Englische Worte

.

Ein Wort an niemand.
Ein Wort an alle.
.

Worte von einem Teufel
schwarz auf schwarz geschrieben
an einen Luftballon befestigt
und zum Teufel geschickt.
.

Aus einer Menschenschlange
schlangenstehender Menschen
werden einige Teile von Schlangenworten hörbar.
Tuschschwarze teigige überreife Wortfrüchte.
Worte bei starkem Regenfall oder Schneefall
in Gegenwart gefallener Mädchen zu sprechen.
.

Worte die das Traumlicht
eines Schattendaseins sind.
Ein Wörterstrauß
der alle seine Blumen
auf einmal sprechen läßt.
.

Worte die nicht geschrieben oder gesprochen
sondern nur geduftet werden können.
Worte die nur gemalt werden können.
.

Hört andächtig
auf die morschen mächtigen Worte
der Armen.
.

Worte verwandeln den sprechenden Armen
in einen Wortreichen
der an jedem Arm einen Wortarmen führt.
Worte wittern die falschen und die richtigen Worte.
Oft sind die falschen Worte die richtigen Worte.
.

Und die Worte der Dichter
. . . . . .
.

GEBET

Reines Licht
erlöse uns von der Sinnlosigkeit.
Erlöse uns von dem sinnlosen Leiden
der Sinnlosigkeit.
Es genügt nicht
daß ab und zu
ein Tropfen auf den heißen Stein
der Erde fällt.
Erlöse uns
von den Zuhältern der Sinnlosigkeit
den triumphierenden Menschenfressern
prahlenden Brüllaffen.
Wir irren in sinnlosem Leiden.
Wir sind die ewigen Sandwanderer.
Wir wälzen uns in Betten
aus glühendem Sand.
Es ist zum lachen
es ist zum weinen
es ist zum beflissen irrsinnig zu werden.
Weh uns armen Narren.
Welchem Wahnsinn obliegen wir.

.

HANS ARP:
WORTE AUF PAPIER
NACHWORT VON HARRIETT WATTS

Als Hans Arp einmal gefragt wurde, wie er sich entscheiden würde, hätte er zwischen Malerei und Dichtung zu wählen, antwortete er, er würde es vorziehen, ein Dichter zu sein. Ein andermal, auf die Frage nach den Beziehungen zwischen seinen Collagen und seinen Gedichten, erwiderte er, die Collagen seien »Dichtung mit bildnerischen Mitteln«, und entsprechend gab er seinen Tuschezeichnungen gelegentlich Titel wie »Calligraphie« und »Ecriture«. Arps Werk verbindet Wort und Bild eng miteinander, wobei dem Schreiben an sich – Gedichten wie dem einzelnen Wort – eine große Bedeutung zukommt. Man kennt Arp vor allem als Maler und Bildhauer, doch er war ein ebenso innovativer wie einflußreicher Dichter, der immer wieder auf die eigengesetzliche Kraft der Sprache verwies. Seine Gedichte in französischer und deutscher Sprache wurden von seinen Dichterfreunden hoch geschätzt, wobei er auch Texte illustrierte und immer wieder begeistert die Zusammenarbeit mit Freunden suchte. Er schuf Grafiken für die eigenen Lyrikbände wie für die seiner Freunde und illustrierte Zeitschriften der verschiedensten Avantgardegruppen, mit denen er sich verbunden fühlte. Geht man diese Publikationen eingehender durch, so eröffnet sich dieser stete Dialog zwischen Bild und Text.

Zeichnungen, Holzschnitte, Lithografien, Collagen, Papiers déchirés oder das gedruckte Wort – alle sind sie

Konfigurationen auf Papier, die Arp als Dichter, Illustrator und unermüdlichen Erforscher neuer Ausdrucksmöglichkeiten auf Papier ausweisen. Des Dichters Wort hinterläßt, schwarz auf weiß auf der Buchseite, den Abdruck eines Sinns und eine Begrenzung und ist doch mehrdeutig, suggeriert mehr, als es buchstäblich besagt. Arp setzte gleicherweise Wörter auf die Seite, wie er Linien zeichnete oder Collage-Elemente klebte. Hier wie dort bestand er auf Mehrdeutigkeit des Zeichens und suchte nach dem »Wesentlichen« in der Kunst, wie er es selbst erklärte. So schuf er Werke, in denen die einzelnen Bilder oder Formen selbst vielfache Bilder und Bedeutungen enthalten. Diese Mannigfaltigkeit an Bildern und Bedeutungen wird aktiv und sichtbar im Zusammenhang und in der Organisation der Elemente auf einer Buchseite. Es ist Sache des Künstlers, eine Umgebung zu schaffen, in der die ausgewählten Wörter oder Formen sich entfalten und ihren vieldeutigen Sinn enthüllen. Diese Vieldeutigkeit der Wörter ist die Quelle des poetischen Umgangs mit Sprache. Aus dem Umstand, daß Arp der vielschichtigen Lesart seiner Arbeiten auf Papier so viel Wert beimaß, erhellt sich der unterschwellige poetische Impuls sowohl seines bildnerischen als auch sprachlichen Werkes. Auch seinem dreidimensionalen Schaffen liegt eine poetische Imagination zugrunde, denn der Betrachter läßt sich gleicherweise auf stets neue Lesarten ein, betrachtet er eine Skulptur von verschiedenen Standpunkten. Weitere Interpretationen tun sich durch die suggestiven und oft zweideutigen Titel auf, die Arp seinen bildnerischen Werken im nachhinein gab. Arp erklärte einmal,

daß das Erfinden eines solchen Titels für ihn oft wichtiger geworden sei als das Werk selbst, denn Wörter konnten, wie er selbst seine ersten dichterischen Versuche in französischer Sprache in den dreißiger Jahren kommentierte, plastische Dimensionen annehmen: »Les mots ont gardé pour moi toute une nouveauté, un mystère. Je les manie comme un enfant des cubes. Je les palpe, je les contourne – comme des sculptures. Je leur attribue un volume plastique qui ne dépend pas de leur signification.« (Wörter hatten für mich immer etwas Frisches an sich, sie bewahren ein Geheimnis. Ich gehe mit ihnen um wie ein Kind mit seinen Bausteinen. Ich betaste und biege sie, als wären sie Skulpturen. Ich verleihe ihnen ein plastisches Volumen, das unabhängig von ihrer Bedeutung ist.) *(Réalités 1961, p. 180)*
Wie Arp bildnerische und verbale Formprobleme anging, wird aus einer Bleistiftnotiz aus seinem Nachlaß in Meudon ersichtlich:

Keimformen
Rationes seminales
Logi spermatiroi
Das Leuchten der Formen

Formen, die neue Formen hervorbringen, Wörter, die neue Wörter erzeugen, sind die Mittel, mit denen der Künstler eine »Strahlenform« schaffen kann, eine Form, die offen ist und ständig neue Energien, Interpretationen und neues Leben freisetzt. Für Arp war formaler Ausdruck etwas Keimendes und nichts Abgeschlossenes. Er war nicht bereit, eigene Werke als unwiderruflich vollendet anzusehen und schuf immer wieder neue

Variationen von schon Vorhandenem, die er wiederum als eigenständige Werke empfand. Auch von seinen Gedichten gibt es unzählige Variationen, was das Datieren und Einordnen zu einem Albtraum werden läßt. Mittels all dieser Variationen suchte Arp neue Bedeutungsschichten und unerwartete Verbindungen aufzudecken. Mit seinen ausgeklügelten Wortspielen, in den verbalen Arabesken, die sich an einem Laut, Wort oder Bild entzündeten, und mit dem Vertauschen weniger verbaler Elemente bedrängte, beschwatzte und beschmeichelte Arp die Wörter, sich offenzulegen, sich neu zusammenzustellen und sich in immer neuen Konfigurationen auszubreiten.

Verschiedentlich spielte Arp mit der Zweideutigkeit des gebräuchlichsten französischen und deutschen Ausdrucks für die Buchseite, wie »feuille« und »Blatt«, wo beide Male auch das Pflanzenblatt damit gemeint sein kann. Das Blatt als unerläßlicher Bestandteil des pflanzlichen Lebens; wie die Blume und die Frucht ist es ein unmittelbares Zeichen für Wachstum und Fruchtbarkeit. Arp nannte seinen französischen Gedichtband *Jours effeuillés* und wollte damit andeuten, daß Gedichte täglich aus dem Dichter herauswachsen und lebenspendende Kräfte an die Natur abgeben, sich aber auch Energien von ihr holen, wie Blätter aus Pflanzen herauswachsen, indem sie Sonnenlicht in Nahrung umwandeln und Sauerstoff an die Atmosphäre abgeben.

In seinem Essay *Konkrete Kunst* wies Arp darauf hin, daß ein Kunstwerk wachsen und reifen muß wie eine Frucht am Baum. Doch Pflanzenblätter und Buchseiten scheinen eine ebenso geeignete Metapher für die künstlerische Schöpfung zu sein, und dies vor allem im Lichte von Arps romantischer Ästhetik des 20. Jahrhunderts, die vom Künstler immer noch verlangte, sich in den Wachstumsprozeß der Natur einzufügen.

Die erste Bewegung, mit der Arp allgemein in Verbindung gebracht wird, ist Dada Zürich. Während dieser Zeit veröffentlichte er häufiger als je zuvor, sei es in den illustrierten Bänden seiner Dada-Dichterfreunde, in der Holzschnitt-Mappe von Otto Flake oder in den Zeitschriften *Dada* und im *Zeltweg*. 1920, als Dada Zürich schon zu Ende war, erschien *Der Vogel selbdritt*, seine erste Sammlung mit Gedichten aus den Jahren 1912–1916. Das, was Arp als »Dada-Dichter« hervorbrachte, setzt sich aus drei verschiedenen Stilebenen zusammen: einmal den expressionistischen Beschwörungen der Apokalypse, dem Weltenchaos und der zersetzenden Ironie in *Der Vogel selbdritt*, dann den assoziativen dadaistischen Experimentaltexten der ebenfalls 1920 publizierten Broschüre *Die Wolkenpumpe* und schließlich den streng strukturierten Nonsensversen, die 1924 in *Der Pyramidenrock* veröffentlicht wurden, wobei gewisse Gedichte auf 1917 zurückdatiert werden müssen.

Schon aus frühen Gedichten vermag man zu erkennen, wie Arp mit Sprache und Stoff ein Leben lang umzugehen pflegte. Ein Beispiel aus dem *Vogel selbdritt* illustriert besonders deutlich, was mit dem Begriff des »wesentlichen« Kunstwerkes gemeint ist. Nach Arp soll das erste »wesentliche« Gemälde, das ihm gelang, eine Kreuzigungsdarstellung von 1915 gewesen sein, ein

Thema, das er sich bereits 1914 mit einer Serie aus einer Kaltnadelradierung, einer Zeichnung und in einem Bild vorgenommen hatte. Dieses Gemälde war seiner Meinung nach deshalb wesentlich, weil es »sowohl die Kreuzigung als auch das Haupt des Gekreuzigten darstellte, beides unabhängige Bilder auf einem Bild. Und ich träumte von Bildern, die unzählige Bilder in sich vereinigten«. Mit diesem Werk hatte Arp endlich die visuelle Entsprechung zum Prinzip der Vereinigung von mehreren, wiewohl nicht unmittelbar erkennbaren Bildern auf einem einzigen gefunden – ein Verfahren, das er vielleicht schon 1912 mittels der Sprachdichtung erprobt hatte. Vor dem Hintergrund der Kreuzigungsradierung von 1914 und der »wesentlichen« Variation von 1915 überrascht es kaum, daß das erste gedruckte Gedicht *der richtbaum flattert über dem geäder der welt so nun die zerbrechung sei...* (S. 11) aus *Der Vogel selbdritt* denselben Stoff umkreist.
Dieses Gedicht muß im Zusammenhang der Kreuzigungsradierung betrachtet werden. Schon sein erstes Wort und damit sein erstes (Sinn-)Bild führt unmittelbar zum Thema. *der richtbaum* – im Sprachgebrauch sowohl den tödlichen Richt-Block als auch den Baum bezeichnend, mit dem der Zimmermann die Fertigstellung des Dachstuhles krönt – evoziert den Leidensweg Christi oder das Kreuz und ebenso den Akt des »Hinrichtens«. Mit dem Ausdruck *richtbaum* erreichte Arp die gewünschte Visualisierung des Themas, das in der Folge in mehrere Bilder aufgesplittert wird. Arp stellt diesen Richtbaum bildhaft in einer Weise auf, daß er seinen buchstäblichen Wortsinn erfüllt: Jetzt ist nicht

die Stunde der Vollendung, sondern die der Zerstörung oder *zerbrechung* gekommen, eingebunden in den apokalyptischen Kontext des Gedichtes. Die Adern oder die Flüsse der Erde werden bildhaft zu Strömen von Opferwein, die entsprechend zu Arps poetischer Überführung des Kosmos in den geschundenen Körper Christi blutend von den Sternen triefen. Elochim entsteigt dem Meer als allgegenwärtige Alge. Silberne Maden, Todeswürmer, würfeln um die purpurne Robe, Sinnbild des römischen Soldaten in biblischer Zeit. Der schwarze runde Todesstern verdrängt die Sonne und entsteigt der reinen Wolle des Opferlammes, während Wein oder Blut aus den Sternen fließt. Jedem Wort, jedem Bild haften mehrere Bedeutungen an, wobei die einzelnen Wortgruppen stets auf die allumfassende und ursprüngliche Vorstellung von der Kreuzigung verweisen. Abgesehen davon, daß dieses Gedicht den in der deutschen expressionistischen Dichtung oft behandelten biblischen, apokalyptischen Stoff aufnimmt, bleibt der Anreiz unserer Erkenntnis Arps Umgang mit der Mehrdeutigkeit der Wörter und der gleichzeitigen Beibehaltung einer versteckten Anspielung auf das zugrundeliegende Thema.
Der Stoff der frühen Gedichte kreiste nicht immer um eine biblische Vorlage, war oftmals mythisch im weitesten Sinn. Ein Beispiel dazu mag im *Pyramidenrock* gefunden werden, einem Titel, der bereits alte ägyptische Geheimklänge birgt. Aus den »unsinnigen« Reimen von *Sankt Ziegenzack Sankt Faßanbaß* (S. 33) taucht das archetypische Gegensatzpaar der männlichen Vielfalt und der weiblichen Einheit am Beispiel

zweier ungleicher Brüder auf, die demselben Ei entschlüpfen. Hinter spielerischen Kinderreimen wie *Rumsdibums das Gigerltum* verbirgt Arp hermetisch den mythischen Gehalt.
Die Gegensätzlichkeit der beiden Brüder zeigt sich schon im Titel an und legt sich über Bedeutung, Bild und Klang ihrer Namen. Das »z«, die hellen Vokale, der Reibelaut »ck« in *Ziegenzack* wiegen sich gegen die Assonanz des »a« und den Doppelkonsonant »ß« von *Faßanbaß* auf. Das flotte Zischen von *Ziegenzack* beschwört das dumpfe Donnergrollen von *Faßanbaß* herauf. Mit der Geburt der Zwillingsbrüder springt das kosmische Ei, reißt die Einheit. Ein Ab(g)rund tut sich auf, Sterne verschließen den kosmischen Schoß, aus dem die beiden Brüder geboren wurden, ein Hase hängt betaut am Berg und schwärzeste Nacht liegt im Stein. Indem sich die beiden Brüder gegenseitig in den Weltenraum projizieren und damit das Gedicht in Bewegung setzen, zeitigt das geborstene Ei scheinbar apokalyptische Folgen. Nostalgie oder *Vergißmeinnicht* kommt nach der zerstörten Einheit. Sie ist die Schwerkraft, die den Flug des Geschehens beschließt, eine Bahn wie ein Zifferblatt, sich drehend um einen Stuhl, mit Brüdern, die zu ihrem Ursprung zurück wollen. Doch bis Ziegenzack und Faßanbaß in die Einheit – das Ei oder den Schoß – zurückgesogen werden, vermag die menschliche Zeitrechnung nichts weiter als die Teilung von eins in zwei zu messen. *Glocke schlägt nur Eins und Zwei.* Humor und Unbeschwertheit dieses Gedichtes täuschen wohl über den sexuellen und mythologischen Aspekt hinweg, verhelfen aber dem

Dichter gleichzeitig dazu, mit diesen verborgenen Anspielungen überraschende und neue verbale Konfigurationen zu schaffen. Zahlreiche Druckfehler in frühen Texten von Arp sind darauf zurückzuführen, daß Arp, wie er in seinem Text *Wegweiser* erklärte, »... diese Gedichte in einer schwer leserlichen Handschrift (schrieb), damit der Drucker gezwungen werde, seine Phantasie spielen zu lassen und beim Entziffern meines Textes dichterisch mitzuwirken«.

Eine derart versteckte und zugleich ironische Darlegung eines hermetischen Gehaltes kann auch in den freien Assoziationen der *Wolkenpumpe* gefunden werden – ein spezifischer Umgang mit dem Wort, der von Arps Surrealisten-Freunden gerne als Beispiel der »écriture automatique« angesehen wurde. Eines dieser Gedichte beginnt beispielsweise mit dem zusammengesetzten Wort *sternenminniger* (S. 26), das Assoziationen sowohl mit dem mittelalterlichen »Minnesänger« als auch mit Astrologen und Sternguckern noch älterer Zivilisationen weckt. Das nächste Wort des Gedichtes läßt an emblematische Labyrinthe aus Zeiten der Renaissance und des Barocks denken, um kurz darauf Labyrinthe und Sternanbeter in die kosmologische Bedingtheit eines *sternigen schachbrettes* zu überführen.

Das Motiv des Gartens wurde auch in *die rosenknospe erde* wieder aufgenommen, um da in ein skatologisches Wortspiel zu münden. Eine endgültige Aufschlüsselung von Gedichten aus der *Wolkenpumpe* war natürlich absichtlich von Arp vereitelt worden. Seine dadaistische Begeisterung, jegliche logische Bestimmtheit zu untergraben, fand hier ihren unmittelbarsten Ausdruck.

Sein grundlegendes Vertrauen hingegen in die Bedeutungstiefe des Wortes, die zu unterbewußten poetischen Mustern führt, wird augenfälliger noch in seinem *rätselgarten* als in den beiden vorher besprochenen Gedichten.
Auch als bildender Künstler arbeitete Arp unmittelbar vor der Prä-Dada- und frühen Dada-Periode ganz verschiedenartig: von Collagen mit geradlinigen kubistischen Gittermustern über die gemeinsam mit Sophie Taeuber geklebten Duo-Collagen zu den heraldisch-symmetrischen Holzschnitten für Richard Huelsenbecks *Phantastische Gebete*. 1917 fand er mit der Entdeckung der »bewegten Ovale«, die er als Darstellungsmöglichkeit für metamorphosische Vorgänge in der Natur verstand, seinen eigenen Stil biomorpher Abstraktion, an dem er während seines ganzen Künstlerlebens festhielt. Diese frühen biomorphen Zeichnungen, die an organisches Wachsen und Verwandeln denken lassen, ohne aber bestimmte Naturformen zu identifizieren, waren Ausgangspunkt für die Holzschnitte, die in den Dada-Zeitschriften erschienen, zum Beispiel auf dem Titelblatt von *Der Zeltweg*, als Illustrationen zu Gedichten von Tristan Tzara oder zu seinen eigenen. In der ausschließlich aus Dada-Gedichten bestehenden Sammlung *Die Wolkenpumpe* stehen die Gedichte den biomorphen Zeichnungen und Holzschnitten in ihrer Suggestivkraft sehr nahe und vertrauen ebenfalls darauf, im Künstler, Betrachter oder Leser freie Assoziationen auszulösen. Ähnlich widerspiegelt sich die strenge Axialsymmetrie seiner frühen heraldischen Dada-Holzschnitte in den strengen Mu-

stern der verbalen Symmetrie, wenn zum Beispiel gereimte Zweizeiler und gepaarte Zeilen sich in Reihen von Synonymen oder polaren Gegensätzen folgen. Diese strenge Form verbindet Arps Nonsenstexte der Dada-Zeit mit jenen der frühen Zwanziger Jahre.

Anfang der Zwanziger Jahre begann Arp, sein dichterisches und bildnerisches Idiom auf das zu reduzieren, was er »Objektsprache« genannt hat. Seine Motive holte er sich nicht mehr aus der Natur, sondern von gewöhnlichen Alltagsgegenständen wie Tellern, Gabeln, Messern, Uhren, Krawatten, Hemdenbrüsten, Hüten, Knöpfen und Flaschen sowie stark stilisierten Teilen des menschlichen Körpers, z. B. Augen, Nabel, Lippen, Schnurrbärten, Brüsten und Torsi. Die Art, wie Arp diese Gegenstände in seinen Gedichten, Zeichnungen und Reliefs unerwartet kombiniert, widerspiegelt nicht zuletzt seine Verbindung zu den Pariser Surrealisten. Die Objektsprache kam auch in der Merz-Mappe *7 Arpaden* (mit den folgenden Titeln der 7 Lithografien: *Schnurrhut, Das Meer, Ein Nabel, Die Nabelflasche, Schnurruhr, Eierschläger, Arabische 8*), die Kurt Schwitters als *Merz 5* 1923 herausgab, zum Ausdruck. Zu dieser Zeit vertrat Schwitters eindeutig jenen Konstruktivismus, der sich in Deutschland und Holland aus Dada entwickelte, genauso wie der Surrealismus aus Dada Paris hervorging. Arp blieb mit beiden Bewegungen in engem Kontakt und konnte seine Objektsprache bei beiden einbringen.

In den Zwanziger Jahren erscheinen die Objekte in Gedichten, die konzentrierter und lakonischer als Arps freie Verse aus der Dada-Zeit sind. Dennoch nehmen diese reduzierten Objekte einen mehrdeutigen Charakter an und können nach wie vor all diese radikalen und unerwarteten Verbindungen eingehen, wie dies die Wörter und Bilder in den Dada-Texten taten. In den Gedichten *Vier Knöpfe zwei Löcher vier Besen* (S. 37f.) werden 7 Messer, 4 Löcher, 4 Knöpfe und 4 Besen in einer komisch-heroischen Apokalypse emporgewirbelt, vergleichbar der von Worten gestifteten Verwirrung in *Der Vogel selbdritt*.

> Von den sieben Messern stürzen sich zwei in das Licht.
> gierig schneiden sie zwei kreisrunde Löcher in den Kern des Lichtes.
> aus den zwei Löchern fallen vier Knöpfe zwei Löcher vier Besen.

Das Gedicht schwebt zwischen dem Erdnah-Faßbaren zweier gieriger Messer und der abstrakten Vorstellung von Löchern, die aus Löchern fallen; zwei Haushaltgeräten und einem Angriff auf den Lichtkern; zwischen der Banalität eines abgesprungenen Knopfes und den tragischen Selbstmordsprüngen von Berggipfeln; zwischen der Alltags-Frustration einer klemmenden Schublade und Unglücksfällen von nationaler Tragweite, die machen, daß Züge und Uhren stehenbleiben. Ein offensichtlich harmloses und absurdes Bild wie dasjenige ungeknöpfter Berge nimmt im Zusammenhang mit der Katastrophenstimmung des Gedichtes den Charakter eines Erdbebens oder eines Vulkanausbruches an. In Arps eigener poetischer Ikonographie hat eine wirkliche Katastrophe dann stattgefunden, wenn Windmühlen – und damit die Winde – und Wanderstäbe, die in früheren Gedichten von alleine zum äußersten Ende der Welt wandern konnten, zum Stillstand gebracht werden. Das Unglück ist in Arps Objektsprache der Zwanziger Jahre ironisch, abstrakt, banal und kosmisch zugleich. Die in einem Gedicht kombinierten Objekt-Wörter bergen, jedes für sich, den mikromakroskopischen Bereich des ganzen Textes.

In den dreißiger Jahren zeichneten sich einige kompositorische Neuerungen in Arps bildnerischem und dichterischem Werk ab. Der Tod seiner Mutter im Jahre 1929 hinterließ tiefe Spuren und beeinflußte sein künstlerisches Schaffen. Einerseits schien das Erlebnis des Todes in ihm den Wunsch nach Dauer auszulösen, den Wunsch, sich gegen den unvermeidlichen Zufall aller organischen Formen abzusichern, anderseits weckte es das Bedürfnis, Tod und Zerstörung in das Kunstschaffen zu integrieren. Arp reagierte auf diese psychische Krise, indem er die Wachstumsvorgänge und Metamorphosen in der Natur wie früher beobachtete, doch seinen Blickwinkel auf den gesamten natürlichen Zyklus von Geburt, Wachstum, Untergang und Tod erweiterte. Sein Wunsch nach Dauer nahm in einem neuen Medium Gestalt an, der Skulptur. »Concrétion« nannte er viele Skulpturen, die er zu Beginn der dreißiger Jahre schuf. »Concrétion« definierte er auf folgende Weise: »Concrétion bezeichnet den naturhaften Vorgang der Verdichtung, der Verhärtung, des Gerinnens, des Dickerwerdens, des Zusammenwachsens. Concrétion bezeichnet den Vorgang des Verhärtens einer Masse. Concrétion bezeichnet das Gerinnen, wie die

Erde und die Gestirne geronnen sind. Concrétion bezeichnet die Verdichtung, die Masse des Steines, der Pflanze, des Tieres, des Menschen. ›Concrétion‹ ist etwas, das gewachsen ist.« *(Unsern täglichen Traum,* 1955, S. 83)

Arp übertrug das Prinzip des Ordnens und Neu-Ordnens einer limitierten Zahl von Elementen auch auf die Wörter. Ein eindrucksvolles Beispiel dieser dichterischen Technik finden wir im Gedicht *Das Tagesgerippe* (S. 55), das Arp nach dem Tod seiner Mutter schrieb, das 1932 in der Zeitschrift *Transition* erschien und worin jede Strophe eine neue Konstellation einiger Grund-Elemente wie Blätter, Flügel, Glocken, Augen, Lippen, Feuer, Licht und Erde aufweist. In der siebten Strophe verdichten sich die Elemente zu einem Klagelied über den Tod, nicht nur eines einzelnen menschlichen Wesens, sondern auch der Erde selbst.

Die Konstellationsgedichte können hingegen auch Geburt und Wiedergeburt besingen, wie dies beispielsweise das erste Gedicht *das ei aus feuer* (S. 63) aus der Davoser *Konfiguration II* von 1930 belegt.

Am Anfang der vierziger Jahre verbrachten Arp und Sophie Taeuber zwei Jahre mit anderen Künstlerfreunden im Exil in Grasse. Für alle war es eine außergewöhnliche und fruchtbare Zeit. Arps Arbeit in Grasse, wo er vor der deutschen Besatzung im 2. Weltkrieg Zuflucht fand, erinnerte in vielem an seine Dada-Zeit in Zürich. Damals, im Ersten Weltkrieg, befand er sich in einer ähnlichen Situation, indem er ebenfalls mit anderen Künstlern im Exil eng zusammenarbeitete. Er und Sophie schufen gemeinsam mit Sonja Delaunay und

Alberto Magnelli eine Reihe von Lithografien, die teilweise – nachdem Arp und Sophie Grasse verlassen hatten, um in die Schweiz zu gehen – von Sonja Delaunay gerettet werden konnten und 1950 vom Verlag *Aux nourritures terrestres* in Paris veröffentlicht wurden. Arp selbst kehrte zu seinen biomorphen abstrakten Tuschezeichnungen der Dada-Jahre zurück, die der Unmittelbarkeit und Vitalität der frühen Zeichnungen in nichts nachstehen. Da das Papier während des Krieges knapp war, machte er aus der Not eine Tugend und erfand eine neue Technik, auf zerknülltem, schon gebrauchtem Packpapier zu zeichnen, sofern kein anderes Papier zu haben war. Doch bald half Arp der Wirkung dieser »papiers froissés« nach, indem er noch ungebrauchtes Papier für seine Zeichnungen zerknitterte. Die Gedichte aus dieser Zeit in Grasse, alle auf französisch, zeigen, wie raffiniert und originell Arp mit den hermetischen Inhalten und der alchemistischen Bilderwelt umging. Diese Texte wurden 1941 von Arp unter dem Titel *Poèmes sans prénoms* mit Illustrationen von Sophie Taeuber herausgegeben.
Dieser äußerst anregenden und fruchtbaren Phase der neuen künstlerischen Experimente wurde ein jähes Ende gesetzt, als Sophie Taeuber am 12. Januar 1943 in Zürich infolge eines Unfalls ums Leben kam. Arp, zermürbt durch Schock und Gewissensbisse, reagierte vorerst mit einer vollständigen künstlerischen Lähmung. Doch nach und nach entstanden einfache elegische Zeilen für Sophie, Fragmente zuerst, auf denen Arp jedoch Gedichte aufzubauen begann (*Sophie, Die Engelsschrift* u.a., vgl. S. 72ff.).

La Vie de Pinceau, eine Serie höchst unstrukturierter Aquarelle in beunruhigenden Grau-in-Grau-Tönen, bildete den Übergang von der künstlerischen Lähmung zur Wiederaufnahme der Arbeit als Maler und Bildhauer. Nur selten hingegen löste sich Arp in den Gedichten der vierziger Jahre von der quälenden Erinnerung an Sophie und von seinem persönlichen Trauma, sich mit dem Tod und dem untröstlichen Verlust von Menschen konfrontiert zu sehen. Dieser elegische Ton hat die frühere phantasievolle Verspieltheit stets überschattet, die nur manchmal in seinen späteren Schriften noch zum Vorschein kam. Aus der hoffnungslosen Verzweiflung über Sophies Tod gelangen Arp einige seiner frappantesten Texte, wie das Gedicht *Die Ebene* (S. 80). Ein endloses, undefinierbares Blau nähert sich hier einer grauen Leere, wie sie für beinahe alle Blätter der *Vie de Pinceau* charakteristisch ist.
In der Mitte der vierziger Jahre nahm Arp die »dessins déchirés« wieder auf – das Verfahren, das er als Reaktion auf den Tod seiner Mutter verwendet hatte –, um damit neue Publikationen seiner Freunde aus der Dada-Zeit zu illustrieren. So sind zum Beispiel alle Illustrationen für Tristan Tzaras *Vingt-cinq et un poèmes* Drucke, die er aus dem mit seinen Holzschnitten illustrierten Dada-Band *Vingt-cinq poèmes* von Tzara herausriß und neu kombinierte. Unterdessen war auch Arps eigene schriftstellerische Tätigkeit bekannter geworden. 1946 erschien die erste Sammlung seiner französischen Gedichte *Le Siège de l'air*. 1948 folgte eine ins Englische übertragene Monographie *On my Way*, die bei Wittenborn in New York in deren Reihe *Documents of Modern*

Art erschien. 1953 veröffentlichte der Limes Verlag eine Ausgabe deutscher Gedichte unter dem Titel *Wortträume und schwarze Sterne*.
In den fünfziger Jahren illustrierte Arp weitere Bücher seiner Freunde, darunter Werke von Ivan Goll und Alexander M. Frey. Die Illustrationen für Freys *Kleine Menagerie* und Golls *Multiple Femme* sind Beispiele für Arps neuen Stil. Es sind Zeichnungen und Drucke mit nervösen, unregelmäßigen Linien, die wegen ihrer Ähnlichkeit mit seismografischen Linien »Erdbebenlinien« benannt wurden. In diese Zeit fällt auch eine Anzahl bedeutender illustrierter Werke, die in limitierten Auflagen als Editionen zu seinen eigenen Texten oder den Texten anderer erschienen. Die wichtigste Serie ist *Dreams and Projects*, eine Edition von 28 Holzschnitten mit Arps Prosa und Gedichten in französischer, deutscher und englischer Sprache; sie wurde von seinem Freund, dem New Yorker Kunsthändler Curt Valentin, in Auftrag gegeben und 1952 veröffentlicht. Zwei weitere wichtige illustrierte Werke erschienen in den sechziger Jahren: *Vers le blanc infini* 1960 und *Le soleil recerclé* 1966. Die acht Radierungen und Gedichte in *Vers le blanc infini* bringen Arps nachhaltige Erinnerung an Sophie überzeugend zum Ausdruck. *Le soleil recerclé* mit 16 Holzschnitten enthält 17 zumeist bis dahin unveröffentlichte französische Gedichte.
Wie Arp seinen eigenen nahenden Tod und den Verlust von Sophie verarbeitete, zeigen seine Gedichte in den späten fünfziger Jahren und den sechziger Jahren deutlich. Viele sind religiös geprägt und pendeln zwischen der Verzweiflung des Menschen über das hoffnungs-

lose Schicksal auf Erden und dem Anruf der Engel, ein Zeichen der »heiligen Unendlichkeit« und »des großen endlosen Festens« zu senden.

In der Marguerite Arp-Hagenbach gewidmeten Gedichtfolge *Mondsand* (1960) ließ sich Arp von der reinen Freude an Wörtern, die mit ihrer Magie Laute und vielschichtige Bilder auszulösen vermögen, überwältigen, um den Mond und die Verströmung dessen silbernen Lichtes zu beschreiben. Vgl. S. 91f.

Auch wenn Arp in den sechziger Jahren als bildender Künstler nicht mehr neue Wege zu gehen vermochte, konnten ihn Wörter zu unerwarteten Dichtungen inspirieren. Nochmals huldigte er ihrem Leben in der in *Hortulus* erschienenen Gedichtfolge *Worte* (1961, s. S. 103ff.). Diese enthält ein Gedicht, das auf typische Weise zeigt, wie sehr Arp während seiner lebenslangen Bemühungen um das unsichere menschliche Dasein Wörtern verpflichtet war. Aber die Wörter ihrerseits sind auch dem Dichter Hans Arp verpflichtet und ihre Stimmen, die er seinerseits geweckt hat, sind hörbar in jedem Gedicht.

.

Worte von Mund zu Abgrund
Worte um in trüben Wassern zu fischen.
Entsprechende Wortspäße
für verteufelt finstere Gründe.

.

Editorische Notiz

Die vorliegende Auswahl der Gedichte von Hans Arp erschien erstmals in dem von der Stiftung Hans Arp und Sophie Taeuber-Arp e.V., Bahnhof Rolandseck, und dem Kunsthaus Zürich herausgegebenen Katalog *hans arp zum 100. Geburtstag (1886–1966). Ein Lese- und Bilderbuch.* Hg. von Hans Bolliger, Guido Magnaguagno und Christian Witzig. Mit einem Vorwort von Harriett Watts. Zürich 1986. Für die vorliegende Buchausgabe wurde die Auswahl von Harriett Watts leicht verändert. Das Vorwort wurde zum Nachwort und ebenfalls leicht überarbeitet und gekürzt.

Textliche und typographische Grundlage für die Buchedition bilden die folgenden Arp-Ausgaben:

Gesammelte Gedichte I. 1903–1939. In Zusammenarbeit mit dem Autor hg. von Marguerite Arp-Hagenbach und Peter Schifferli. 248 S. Ill. (c) 1963 by Verlags-AG Die Arche, Zürich, und Limes-Verlag, Wiesbaden (Zit. als GG I)

Gesammelte Gedichte II. 1939–1957. 256 S. Ill. (c) 1974 by Verlags-AG Die Arche, Zürich, und Limes-Verlag, Wiesbaden (Zit. als GG II)

Gesammelte Gedichte III. 1957–1966. Hg. von Aimée Bleikasten. 266 S. Ill. (c) 1984 by Verlags-AG Die Arche, Zürich, und Limes-Verlag Niedermayer und Schlüter GmbH, Wiesbaden und München (Zit. als GG III)

Im folgenden wird zu den einzelnen Gedichten jeweils der Nachweis in den entsprechenden Ausgaben verzeichnet. Ein Nachweis der Erstdrucke bleibt einer kritischen Arp-Ausgabe vorbehalten. Hingewiesen wird lediglich auf mögliche Abdrucke in folgenden bei Arche oder Limes erschienenen Einzelausgaben von Hans Arp:

Wortträume und schwarze Sterne. Auswahl aus den Gedichten der Jahre 1911–1952. 96 S. Wiesbaden: Limes 1953

Auf einem Bein. Gedichte. 28 S. Wiesbaden: Limes 1955 (Dichtung unserer Zeit. Heft 1)

Unsern täglichen Traum... Erinnerungen, Dichtungen und Betrachtungen aus den Jahren 1914–1954. 128 S. 14 Ill.

Zürich: Arche 1955. Mit e. Bio-Bibliographie von Hans Bolliger.
Worte mit und ohne Anker. Gedichte. 100 S. Wiesbaden: Limes 1957 – Taschenbuchausgabe: München: Heyne 1979
sophie taeuber-arp, hans arp, *zweiklang.* Zeichnungen. Photos. Gedichte. Hg. von Ernst Scheidegger. 108 S. Zürich: Arche 1960 (Sammlung Horizont)
Sinnende Flammen. Neue Gedichte. 72 S. 8 Zeichn. Zürich: Arche 1961
Logbuch des Traumkapitäns. Gedichte. Mit Zeichn. Zürich: Arche 1965

I.

S. 9 *Im Wald.* 1903. GG I, S. 8
S. 10 *Märchen.* 1904. GG I, S. 11
S. 11 *Der Vogel selbdritt* (Auszug). 1920. *Wortträume* a.a.O. S. 12ff. – GG I, S. 24ff.
S. 23 *Die Wolkenpumpe* (Auszug). 1920. *Wortträume* a.a.O. S. 17ff. – GG I, S. 54ff.
S. 27 *Opus Null* 1. Aus *Der Pyramidenrock.* 1924. *Wortträume* a.a.O. S. 21ff. – GG I, S. 80
S. 28 *Schneethlehem* 1, 2. Aus *Der Pyramidenrock.* 1924. *Wortträume* a.a.O. S. 23ff. – GG I, S. 86f.
S. 29 *Der poussierte Gast* 4, 6. Aus *Der Pyramidenrock.* 1924. GG I, S. 90ff.
S. 31 *Sekundenzeiger.* Aus *Der Pyramidenrock.* 1924. *Wortträume* a.a.O. S. 26 – GG I, S. 98
S. 32 *die schwalbenhode.* Aus *Der Pyramidenrock.* 1924. GG I, S. 112
S. 33 *Sankt Ziegenzack Sankt Faßanbaß.* Aus *Der Pyramidenrock.* 1924. GG I, S. 118
S. 34 *Wunderhornfiguration* 1. 1918. *Worte mit und ohne Anker* a.a.O. S. 6ff. – GG I, S. 190

II.

S. 37 *Vier Knöpfe zwei Löcher vier Besen* 1, 2. 1924/1930. *Wortträume* a.a.O. S. 44ff. – GG I, S. 174f.
S. 39 *Weißt du schwarzt du* 1, 6, 7, 8. 1924/1930. *Wortträume* a.a.O. S. 33ff. – GG I, S. 126ff.
S. 45 *Nabel Tische Beine* 1, 2, 3. 1929. GG I, S. 181ff.

S. 49 *Die gestiefelten Sterne* 3. 1917/1927. *Wortträume* a.a.O. S. 39ff. – GG I, S. 166f.
S. 51 *Das lichtscheue Paradies.* 1925/1927. GG I, S. 144f.

III.
S. 55 *Das Tagesgerippe.* 1930. GG I, S. 228ff.
S. 60 *Straßburgkonfiguration.* 1932. *Wortträume* a.a.O. S. 11ff. – GG I, S. 204ff.
S. 63 *Konfiguration II,* 1, 2. Davos 1930. *Worte mit und ohne Anker* a.a.O. S. 17ff. – GG I, S. 200f.
S. 65 *rosen schreiten auf straßen aus porzellan.* Aus *Muscheln und Schirme.* 1939. *Wortträume* a.a.O. S. 55f. – GG I, S. 233f.
S. 67 *ich bin ein pferd.* Aus *Muscheln und Schirme.* 1939. GG I, S. 236f.

IV.
S. 71 *Die graue Zeit.* Aus *Die ungewisse Welt.* 1939-1945. *Wortträume* a.a.O. S. 62f. – GG II, S. 36
S. 72 *Sophie.* 1943–1945. *Wortträume* a.a.O. S. 72ff. *Zweiklang* a.a.O. S. 56ff.
S. 76 *Die Engelsschrift* (Auszug). 1948. *Wortträume* a.a.O. S. 82ff. – GG II, S. 61
S. 77 *Kreismärchen.* 1948-1959. *Zweiklang* a.a.O. S. 49 – GG III, S. 77f.
S. 79 *Sophie* (Auszug). 1943-1945. GG II, S. 15
S. 80 *Die Ebene.* Aus *Die ungewisse Welt.* 1939–1945. *Wortträume* a.a.O. S. 70f. – GG II, S. 47f.
S. 82 *Elemente.* 1949. GG II, S. 79f.

V.
S. 87 *Unter den Wolkentischen* (Auszug). 1953/1954. GG II, S. 143f.
S. 89 *Könige vor der Sintflut.* 1952/1953. GG II, S. 138f.
S. 91 *Mondsand* (Auszug). Marguerite zum 22. 8. 59. 1958 bis 1959. GG III, S. 98ff.
S. 93 *Gondel fahren.* 1956. *Worte mit und ohne Anker* a.a.O. S. 73 – GG II, S. 231
S. 94 *Reif zum Aussteigen.* 1955. *Auf einem Bein* a.a.O. S. 17f. – GG II, S. 168f.

S. 96 *Sinnende Flammen* (Auszug). 1961. *Sinnende Flammen* a.a.O. S. 9ff. – GG III, S. 135ff.
S. 101 *Das Rad.* 1963. GG III, S. 194f.
S. 103 *Worte.* 1961. GG III, S. 128ff.
S. 109 *Gebet.* 1966. GG III, S. 249

Biographische Notiz

Hans Arp, geboren am 16. September 1886 in Straßburg. 1904 Aufenthalt in Paris. An der Kunstgewerbeschule in Straßburg. 1905–07 an der Kunstschule in Weimar. 1909 Übersiedlung in die Schweiz nach Weggis. Freundschaft mit den Malern Lüthi, Gimmi und Helbig. 1911 Besuch in München bei Kandinsky und Kontakt mit der Gruppe »Der blaue Reiter«, an deren Ausstellung er 1912 teilnahm. 1914–15 in Paris. Freundschaft mit Max Jacob, Modigliani und Eggeling. 1915 Übersiedlung nach Zürich, wo er mit Emmy Hennings, Hugo Ball, Richard Huelsenbeck, Janco und Tzara den Dadaismus begründete. 1919–20 in Köln, Freundschaft mit Max Ernst und Baargeld. 1922 Heirat mit Sophie Taeuber. 1925 Teilnahme an der ersten Surrealistenausstellung in Paris mit Picasso, Chirico, Klee, Man Ray. 1926 Übersiedlung nach Meudon. Bis 1928 Mitarbeit an der Umgestaltung der »Aubette« in Straßburg mit Theo van Doesburg und Sophie Taeuber. 1931 erste Rundplastiken. 1936 Teilnahme an der Ausstellung »Cubism and abstract Art« im Museum of Modern Art in New York. 1940–41 Flucht nach Südfrankreich. In Grasse mit Sophie Taeuber, Sonja Delaunay und Magnelli. 1942 Flucht in die Schweiz (1943: Tod von Sophie Taeuber in Zürich). 1946 Rückkehr nach Meudon. 1949 erste Reise nach Amerika. 1950 zweite Reise, wo er monumentales Wandrelief in Holz für die Harvard University ausführte. 1953 große Bronzeplastik für die Cité Université in Caracas. 1954 großer Preis für Plastik an der Biennale in Venedig. 1955 Wanderausstellungen von Hans Arp und Sophie Taeuber in zahlreichen deutschen Städten. 1958 dritte Reise nach Amerika und große Gesamtausstellung im Museum of Modern Art in New York. 1964 Übersiedlung nach Solduno im Tessin, wo er 1966 starb.

Hans Bolliger, geboren 1915. Buchhandelslehre bei Dr. Oprecht, Zürich. 1938–52: Zentralbibliothek Zürich. 1949/50: Albert Skira. 1953–55: Kunsthaus Zürich. 1955–70: Galerie Kornfeld und Klipstein, Bern. Seit 1970: Selbständiger Antiquar in Zürich. Mitglied der Stiftung für Photographie. – Publikationen: Bibliographien zu Georg Heym, Ernst Ludwig Kirchner, Dokumentationen zur Modernen Kunst, DADA, Expressionismus und Surrealismus, Bücherkataloge zur Kunst und Literatur des 20. Jahrhunderts.

Guido Magnaguagno, geboren 1946. Studium der Kunstgeschichte an der Universität Zürich. Seit 1980 Konservator am Kunsthaus Zürich. Mitglied der Stiftung für Photographie. – Publikationen u. a. über Ensor, Hodler, die Dreißiger Jahre in der Schweiz, Paul Senn und Hans Staub. Zahlreiche Ausstellungen.

Harriett Watts, geboren 1942. Studium der Germanistik in Austen (Texas), Berlin und Bonn. Dissertation über »Die Ästhetik des Zufalls bei DADA«. Mehrere Übersetzungen von Arp-Texten ins Englische. Humboldt-Stipendiatin. Research Assistant, Center for European Studies, Harvard University.

Register der Gedichttitel und -anfänge